组编————
清华大学经济管理学院

家园

清华经管学院
40周年院庆
系-列-访-谈

Interview Series for the 40th Anniversary
Celebration of Tsinghua University
School of Economics and Management

清華大学出版社
北京

版权所有，侵权必究。举报：010-62782989，beiqinquan@tup.tsinghua.edu.cn。

图书在版编目（CIP）数据

家园：清华经管学院40周年院庆系列访谈 / 清华大学经济管理学院组编. -- 北京：清华大学出版社，2025.3. -- ISBN 978-7-302-68574-6

I. I267.1

中国国家版本馆CIP数据核字第2025VS3709号

责任编辑：王如月
装帧设计：莫高艺术
责任校对：王荣静
责任印制：杨　艳

出版发行：清华大学出版社
　　　　　网　　址：https://www.tup.com.cn, https://www.wqxuetang.com
　　　　　地　　址：北京清华大学学研大厦A座　　邮　编：100084
　　　　　社 总 机：010-83470000　　邮　购：010-62786544
　　　　　投稿与读者服务：010-62776969, c-service@tup.tsinghua.edu.cn
　　　　　质量反馈：010-62772015, zhiliang@tup.tsinghua.edu.cn
印 装 者：北京博海升彩色印刷有限公司
经　　销：全国新华书店
开　　本：160mm×230mm　　印　张：15　　字　数：173千字
版　　次：2025年4月第1版　　　　　　印　次：2025年4月第1次印刷
定　　价：99.00元

产品编号：109429-01

本书编委会

组 编
清华大学经济管理学院

顾 问
杨 斌　白重恩　陈煜波

主 编
薛 健　高 峰

执行主编
卫敏丽　张晓雪

编 委
（按姓氏拼音排序）

符 怡　贾 莉　孔奕淳　马 嘉
任 晖　任仲希　王晨辰　王万忻
吴英纳　赵 蒙　郑黎光　庄 丽

写在前面

从 1984 年至 2024 年，清华大学经济管理学院已走过了不平凡的 40 个春秋。

40 年来，学院沿着朱镕基老院长指引的方向，从 0 到 1，从小到大，一步一个脚印，数年一个台阶，从清华园里一个寂寂无名的院系，逐渐发展成为国内顶尖、世界知名的经济管理学院。在创造知识、培养人才、贡献中国的同时，也在持续为人类文明进步和增进人类福祉做贡献。

走过 10 年风雨、崭露 20 风华、绽放 30 风采、塑造 40 风格……学院的历史是大家共同创造的。在 40 年的璀璨星河中，每一位师生、每一位校友都散发着自己独特的光芒。

2024 年 4 月，在庆祝建院 40 周年之际，学院特别策划并推出"家园"系列访谈。"家园"既是经管校友在 10 多年前创作的一首歌曲的名字，抒写学子成长以及对学院的牵挂，流传至今，也代表了清华经管人的心声。在大家眼里，无论离开学院多久、多远，这里依然是温暖的心灵港湾，也是我们永远的家。

在大家的共同努力下，"家园"系列访谈遴选了一批优秀师生校友代表，希望通过他们的讲述、他们的经历、他们的所思所想所悟，展示学院 40 年发展的光辉历程和优秀成果，传达学院的教育理念和精神文化内涵，让更多人了解这个既具有优良传统又极具现代化气息，既富有深厚内涵又充满活力和创新，既根植中国本土又进军世界一流的学术殿堂。

没有刻意却非常幸运，最终访谈成型并纳入本书的人物，刚刚好，整整 40 位。

翻开这本书，一个个鲜活的清华经管人正向你走来。他们中间，有耄耋之年仍心系学院发展的退休教师代表；有潜心教书育人、勇攀学术高峰的中青年学者代表；有默默奉献、投身学院管理工作的教育职员代表；也有走出经管，胸怀天下，在中国大地各行各业乃至世界舞台发光发热的优秀校友代表……

他们的心声，汇成了一首经管岁月之歌，会让你感受到一种温暖和力量。

正如白重恩院长所说，希望他们所强调的这些精神和文化，能够通过这本书，传承给下一代的清华经管人。

2024 年 11 月

本书编委会

致敬、传承、创新、展望*

今天，我们怀着激动的心情欢聚一堂，共同庆祝清华大学建校113周年和清华大学经济管理学院建院40周年。首先，请允许我代表学院，向出席今天活动的领导、嘉宾、校友、师生，表示热烈的欢迎！向心系学院发展、支持学院建设的海内外校友、同仁、社会各界朋友，致以衷心的感谢！

刚才，大家共同观看了40周年院庆专题片《登攀》，相信唤起了我们很多难忘的共同回忆和强烈的情感共鸣。回首学院40年的发展道路，这是一条迎接挑战、抓住机遇的创业之路，是一条师生同心、桃李芬芳的希望之路，也是一条改革创新、追求卓越的成功之路。

清华经管学院的历史源远流长，最早要追溯到1926年清华大学成立的经济学系。经过1952年的院系调整，经济管理工程系于1979年成立，这是改革开放后清华大学复建的第一个文科系，为学院的建立奠定了基础。

1984年，伴随着改革开放的需要，清华经管学院应运而生。40年来，在清华大学的领导和社会各界的支持下，学院沿着朱镕

---

* 这是白重恩院长2024年4月27日在清华经管学院建院40周年庆祝大会上的致辞

基老院长指引的方向，从0到1，从小到大，一步一个脚印，数年一级台阶，从清华园里一个寂寂无名的小系逐渐发展成为国内顶尖、世界知名的经济管理学院。创造知识、培育领袖、贡献中国、影响世界，不仅为中国经济管理教育和经济社会发展做出了重要贡献，也在加强国际交流合作过程中，为人类的文明进步贡献了清华智慧、中国力量。

今天是学院的40岁生日。我想用"致敬、传承、创新、展望"4个关键词，与大家分享此刻的心情和感想。

第一个关键词是"致敬"。首先要致敬我们的老院长朱镕基总理。在他担任院长的十七年时间里，尽管要务缠身，仍为学院的发展倾注了巨大心血。即便是后来辞去院长职务，即便是近年来年事已高，也依然在关心、牵挂和支持学院发展。这让我们在感恩、感动的同时，也感受到鞭策和鼓励。他的"为人重于为学"的价值观、"诚信为本"的理念、"追求完美"的精神，都是学院非常宝贵的精神财富。他的那句"你们每个人都搞好一个企业，中国经济就有希望了"，成为无数清华经管人的座右铭。他带领我们根植中国、走向全球，离世界一流的经济管理学院的愿望越来越近。

我们还要致敬陈岱孙、郑维敏、傅家骥、赵家和、陈小悦等为学院成立发展打下坚实基础的前辈先贤，他们以德润身、春风化雨、严谨治学、辛勤执教，点点滴滴凝聚成经管精神；致敬赵纯均院长、何建坤院长、钱颖一院长和历任党委书记，他们带领大家一起走过筚路蓝缕、艰苦创业的岁月，一起创造了学院发展历程中的一个个辉煌；致敬曾在学院默默耕耘、无私奉献的退休教师、职员，是你们和学院全体教职员工一起，共同创造了学院的历史，共同铸就了学院的今天，也将继续开创学院美好的明天。

第二个关键词是"传承"。学院的发展离不开一代代清华经管人的文化传承。"敢为人先""追求卓越""家国情怀"自建院起就注入了经管人的基因，始终以"自强不息、厚德载物"的校训自勉，始终以"行胜于言"的校风自励，始终以"正直诚实、敬业尽责、尊重宽容"的学院价值观自省，已经逐渐成为每一位经管人的精神自觉。

在40周年院庆之际，学院精心组织开展"桃李芬芳"系列活动，就是对传承经管文化的最好诠释。我们分别邀请会计系于增彪老师，经济系吴栋老师，金融系杨炘老师，创新创业与战略系吴贵生老师、魏杰老师，领导力与组织管理系张德老师，管理科学与工程系蓝伯雄老师，市场营销系赵平老师回到学院，与师生校友们座谈。大家共忆美好时光，共话师生情谊，不仅是重温恩师教诲，学习他们的经验、智慧、品格，也是在传承学院的精神、价值、文化，共同汲取不忘初心、继续前行的勇气和力量。

第三个关键词是"创新"。时代在发展，社会在进步，世界在变化。特别是近年来，中国经济发展进入新阶段，科技创新和改革深化引领高质量发展，全球面临气候变化、逆全球化、地缘政治冲突、技术突破等新形势、新挑战和新机遇。学院直面挑战，抓住机遇，与时俱进，改革创新，有力地回答了中国之问、世界之问、时代之问，各项工作取得新进展。

学科建设取得"新成果"。学院管理科学与工程、工商管理、经济学（含理论经济学和应用经济学）列入国家"双一流"建设学科。管理科学与工程、工商管理学科继续保持领先，经济学科进入国内第一梯队得到正式认可。

教学项目攀登"新高度"。学院本科项目坚持通识教育与个性发展相结合。博士项目秉持"追求真理、崇尚科学",以学术就业为核心导向。硕士项目、MBA项目、EMBA项目国际排名持续攀升,创新创业教育方兴未艾,高管教育蓬勃发展,为国家培养了一大批厚植家国情怀、具备全球胜任力的经济管理人才。

教师队伍发展和科研进入"新境界"。学院注重引进和培养高水平师资,支持教师学术发展,鼓励教师学术兴趣,为教师合作交流创造条件。教师坚持学术高标准,更多研究成果受到业内同行的更高认可。扎根中国大地做科研,服务经济建设主战场,为国家、社会、行业、企业提供了大量有价值的政策咨询和意见建议。截至2023年底,学院73人次入选国家级人才计划项目,11位教师获得国家杰出青年科学基金支持,12位教师获得优秀青年科学基金支持,6位教师获得国际学会会士称号,3位教师获得了"清华大学文科资深教授"称号。

学院发展开辟"新阵地"。2020年,为落实清华大学与深圳市战略合作框架协议中关于学院的内容,学院与深圳市福田区人民政府签约共建清华大学经济管理深圳研究院,为学院在粤港澳大湾区更高层次的发展提供阵地。2021年,上海校友中心成立,为校友提供良好的终身学习和交流的环境,服务于师生深入长三角开展经济金融和管理调研。2022年,经管新楼投入使用,学院师生喜迁新家,教学环境、办公条件得到了显著改善。这离不开清华大学领导的大力支持,也离不开校友们的爱心奉献。

第四个关键词是"展望"。我们在坚守初心使命的同时,在借鉴与引进世界优秀经济管理学院的先进理念和成功实践并将其与中国国情相结合取得实质进展的基础之上，也在着力寻求新阶段学院发展新的思路和定位。我们希望将学院更好地建设成为理论与实践的桥梁、不同学科之间的桥梁、科技与商业的桥梁，以及连接中国与世界的桥梁，并以此作为重要切入点，不断创新，在更高水平上完成学院的使命。

学院已经在很多领域发挥着这样的桥梁作用。我们从实践创新中汲取养分，产生学术成果，讲好中国故事，推动学术发展；同时将经济管理理论与中国实践相结合，培育人才，服务社会。我们发挥清华大学多学科优势，与兄弟院系共同推进跨学科融合，开设计算机与金融本科双学位项目、清华学堂经济学班，参与秀钟书院的建设，并在我们的教学和研究中更多地融入理工方法和知识。我们与其他院系合作成立未来科技战略委员会，向经管学生和商界领袖传播科技新进展，并对接企业的科技需求与大学获得资源和科技成果转化的需求。多年以来，由朱镕基老院长亲自谋划、推动建立的学院顾问委员会，在加强国际交流合作、促进学院建设发展等方面发挥着重要的作用；同时，我们也在吸引全球优秀学生，为中国与世界更加紧密的联系培养人才。

校友们，老师们，同学们，40岁，对于清华经管学院来说，恰青春、正芳华。让我们携手努力，共创未来，期待和祝福学院的下一个10年、下一个40年，更美好！

谢谢大家！

白重恩

目　录

白　晔
001　清华经历给我跨界融合创新的勇气

陈成辉
007　清华经管给我从 1 到 N 的力量

陈国青
011　四季耕耘与学术回响

陈　剑
019　问道全球视野，勇攀科研高峰

陈　晓
025　让世界看见清华会计

陈章武
030　耕耘于讲台，奉献于大地

戴晓渊
037　与时舒卷，行胜于言

方　方
043　我见证了学院的诞生与成长

冯　娟
049　扎根清华，立足深圳，为大湾区发展输送更多人才

纪孝效
054 要成为懂技术又懂管理的领军人才

何治国
059 在世界学术舞台讲好中国故事

高尔基
064 我永远是清华经管的孩子

高 建
070 将对学院的热爱落实在日常工作的每一天

黄瑜清
075 传承践行"追求卓越"的奋斗精神

李鲲鹏
080 为学、立志与做人,经管四载的三重奏

李 宁
086 专心做"有趣"且"有用"的研究

李 山
091 人生因清华经管而更精彩

李子奈
096 跨界教书匠,解密计量经济学魅力

吝 杰
102 清华经管的教育是我宝贵的财富

林 嵩
107 不忘书山岁月,永怀花样年华

林玉霞
112 平凡却不凡的"林妈妈"

陆 毅
117 笃行致远，更攀高峰

马晟彦
123 做中西文化交流的使者

潘福祥
129 学成清华园，创业陆家嘴

潘庆中
134 经管学院于我，亦师亦友亦家

乔丹丹
139 展现好清华博士的国际学术水平

宋逢明
144 我与中国金融学科的二三事

王 子
152 清华精神激励我不断追求卓越

魏立华
158 清华经管的学习经历给我把控企业发展方向的信心

吴贵生
163 植根本土，开拓深耕

吴淑媛
169 我与经管的30年

徐 心
173 初心如磐 笃行致远"清华人"

杨 洪
180 走自主创新之路，打造汽车电子民族品牌

杨 炘
184　敬业尽责，做一个对国家有用的人

张昌武
189　一个经管人的航天梦

张 涛
193　从清华走向国际的金融管理者

张 岩
198　想要成为一座桥梁

赵大维
205　经世致用，务实为国

赵 平
210　我与清华经管的"缘分"

郑培敏
215　勇闯商海，匠心筑梦

221　后记

白 晔
清华经历给我跨界融合创新的勇气

坚持并不只是负重前行,需要在既定的大方向上"灵活穿行"。

2005年，白晔进入清华MBA项目学习，这是一段充满挑战、充满艰辛，而又收获满满的时光……

在艰苦磨砺中，圆满完成学业

白晔在清华大学读书期间，正赶上2008年北京奥运会。当时他正在韩国三星电子任职，负责中国区的移动通信产品上市以及牵头整体中国区的奥运项目。

白 晔

白晔回忆起那段时间，项目密度和工作压力巨大，团队两个月并行推进18个项目，用"没日没夜"来形容一点儿也不夸张。紧张的工作状态带来一个问题：如何平衡不能舍弃的工作和同样来之不易的学习机会？这其实是很多同学面临的共同问题。

这个问题没有统一的正确答案，唯一能做的就是尽最大努力坚持。但坚持并不只是负重前行，而是需要在既定的大方向上灵活穿行。作为竞赛型选手，白晔坚持了下来。

跨界创新与交叉融合，提升人生价值

谈起在清华 MBA 项目的学习经历时，白晔认为在两方面收获最大。

首先，在创新实践中培养了综合能力。2007 年，白晔有幸加入了全球名校技术产业化竞赛（I2P）清华代表队。此次清华代表队的参赛项目是"煤矿矿难中的被困人员地下定位系统"。该项目具有重要的社会意义。清华参赛团队麻雀虽小，却五脏俱全，从研发、产品化、营销、财务、运营等各个环节，都由来自不同院系的同学组成。比赛项目的准备过程十分接近真实创业，对于在校生来说，需要在项目实践中努力创新，锻炼综合能力。最终，他们获得 I2P 全球竞赛工程类院校三等奖的好成绩。

其次，在跨学科交叉融合中开阔了眼界。参与国际竞赛同样是一个打开眼界的过程。I2P 使他体验到跨国文化差异对科技方向的深刻影响，对跨领域融合的广度和深度也有了全新的认识。

白晔认为，当下以及未来的创新突破点，更多来自多领域的跨界创新与交叉融合，而发现融合的机会，与眼界有密不可分的关系。2006 年，美国著名私募股权基金凯雷投资集团创始人大卫·鲁宾斯坦（David M. Rubenstein）在清华经管学院设立奖学金项目，用以激励私募股权投资（PE）在中国的发展。项目以论文竞赛答辩的方式挑选 5 名获胜者，赴美华尔街同大卫·鲁宾斯坦会谈，并深入体

验千亿级别顶级 PE 管理机构运作，这是难得的拓展眼界的机会。

当时，白晔是最终胜出者之一，他的论文充分体现了跨领域融合创新的思考，即如何通过 PE 激活中国传统中医药与茶饮市场，通过最新的模式改变最传统的产业。在论文中，白晔全面分析了中医药与中国茶在国际与国内产业链中的状态以及诸多问题的成因，并提出通过 PE 的运作模式整合地理标志产品的新思路。通过这次比赛及后续的赴美考察，白晔深刻意识到，隐藏在传统领域中的融合创新，会带来巨大的机会。

在白晔看来，未来的成事甚至成就，不论是商业上还是学术上，一定是构筑在跨领域交叉融合基础之上的。"一专多能"型人才是未来的主流，特别是在 AI 时代到来时，只有"一专"的人很有可能被替代。在清华 MBA 项目的学习，对于提高学生的综合能力来讲，无疑具有十分重要的意义。

求道名师，助力人生成长

清华经管学院聚集了经济管理领域的顶级学者，能有机缘就读于此，终生受益。白晔回忆，时任学院党委书记的杨斌教授给他留下了深刻印象。

杨老师的课比较集中在领导力和伦理方面，很多时候都是互动性极强，让学生觉得自己一直在思考、在探索，无法置身事外。杨老师尤其注重培养学生深度阅读的习惯。"每次上课，他都会布置阅读一本新书——不管多厚，下一次上课时必须读完。"他经常与同学就书本内容进行深入探讨甚至辩论。"被迫"养成的读书习惯让白晔受益匪浅,如今在他办公室书架上的书,已超过千本。杨老师还为学生对接资源、创造机会,给予无私的支持与鼓励。"扶上马送一程,共同学习一生"。他会让你感觉你从来没有毕业,总还在一起学习。

白晔认为,清华 MBA 重视培养学生的综合管理能力,融"知识、能力、素质"为一体,"这是一个充满机会、拥有包容性、积极鼓励创新的学院"。

毕业后的十多年里,白晔所在的通信、广告、互联网行业,都发生了巨大的颠覆性的改变,但在清华的成长历练以及诸多名师的指导教诲,让他有勇气、有能力面对接下来的挑战,迎接人工智能时代的机遇。白晔目前再次跨界融合,探索人工智能在探索式教育、心理与文旅场景的应用。

用主动变革,应对行业变化

白晔拥有非常丰富的商业营销与广告行业经验,完整经历了这个行业近 20 年的巨大变革,带领的团队曾经获得中国国际广告节全场大奖以及长城奖。15 年前,当白晔还在清华经管学院攻读 MBA 的时候,就深信当时主流的品牌、代理公司、媒体和受众的营销链条,在技术、行为方式、政治以及经济等因素的作用下,一定会发生深刻的颠覆式变革。在未来,代理公司与大部分媒体都会消失,商品会由消费的核心与目标变成消费体验过程的一小部分,消费行为将由内容、数据与技术推动的行为方式进行综合驱动。当下,中国商业环境的变化,充分证明了白晔 15 年前的预判正在一步步变为现实，特别是 AI 时代的到来，极大地加速了这一进程。

2018 年，白晔开始走向内容创业的方向，他深信未来内容将成为商业乃至整个社会的重要驱动因素之一。到今天，白晔的内容创业已经有 5 年了，时间虽然并不很长，但白晔经历了高投入的互联网文化大内容（出品大型"一带一路"文化节目《博物奇妙夜》），疫情与 5G 时代的有序碎片化内容（出品高德地图全国 TOP100 文化景区名人智慧导览系统《文化问风景》），再到当下正在推动的 AIGC 形态的内容，白晔努力在行业变化到来之前，做好准备，主动变革。

AI 将对整个社会带来巨大且深远的变化，特别是通用人工智能时代的到来，将打掉很多领域之间的隔墙，"融合创新，适者生存"将是 AI 时代初期的生存法则，而这点，恰巧是白晔在清华经管学院这 3 年的最深体会。在院庆 40 周年之际，白晔由衷祝愿清华经管学院成为经济管理领域更多思想者与践行者的精神家园，期待校友与学院同心同向，共创美好未来。

校友介绍

白晔，清华经管学院 2005 级 MBA 校友。北京南窗格教育科技有限公司创始人，出品大型"一带一路"文化节目《博物奇妙夜》，夜访世界级博物馆，出品高德地图全国 TOP100 文化景区名人智慧导览系统《文化问风景》；拥有 20 年广告营销行业经验，曾任三星电子大中华区次长。

陈成辉

清华经管给我从 1 到 N 的力量

清华经管 EMBA 之旅,不仅是一段难忘的求学经历,更是一段追求卓越的金色岁月。

距初次踏入清华校园已 10 年有余,陈成辉依然清楚地记得,对清华园的憧憬化为现实时的激动,课堂上聆听学院教授授课时的振奋,课后和来自全国各地的优秀企业家、管理者进行思想碰撞时的畅快……那段令人难忘的日子,对他个人能力提升和职业生涯发展带来了深远影响。

陈成辉

"清华经管 EMBA 是一个充满智慧的殿堂。"陈成辉谈道,通过在这里学习管理和金融等课程,他经营企业数年的实践得到了升华。"每一堂课,每一次案例分析,老师们都能通过引人入胜的讲解,让我受益匪浅,也让我对商业世界有了更加清晰的认识。"

清华经管学院云集了全球知名的教授和学者,李稻葵、钱颖一等教授的课程给他留下了深刻印象。据陈成辉回忆,李稻葵老师在课堂上谦和有度,带有几分激昂,并能够在短时间内,简明扼要地传达前沿经济学观点,他的国际视野帮助大家拓宽了眼界。钱颖一老师"从 0 到 1 是创新，从 1 到 N 也是创新"的观点，提醒创业者不要忽视从"1"到"N"，要在 1 的基础上创新，抓住中国市场巨大的 N，释放 N 的力量。

这些专业知识和创新思维系统性地指导了陈成辉的二次创业。他依托科华公司以 UPS 为核心的电力电子技术优势，不断把业务朝着数字化、低碳化的方向创新和延伸。

首先，他在业务板块上进行创新。把公司传统 UPS 业务拓展到数据中心、清洁能源和充电桩板块，完成从"1"到"N"的突破。科华公司实现了中国 UPS 及微模块数据中心市场份额第一；数据中心平均上架率在中国大型零售型数据中心企业中位居第一；储能 PCS 出货量位居全球第一。

其次，他在技术上进行创新。公司自主研发了核级 UPS，做到元器件 100% 国产化，是首批获得民用核设计制造许可证的企业，填补了国内空白，打破了国外技术垄断。

除此之外，他还在人才培养上进行创新。建设博士后工作站，自主培养了 5 位享受国务院特殊津贴的专家，为公司后续的发展提供人才保障。

从传统 UPS 业务到高端电源、清洁能源、数据中心和充电桩四大业务板块全面开花，从核心部件依托进口到全器件国产化的核级 UPS 成功研发，从技术全面创新到业务全球布局，每一个商业模式的转变，陈成辉说，"背后都离不开在清华经管学院学习并汲取的力量"。

对于陈成辉来说，清华经管 EMBA 之旅，不仅是一段难忘的求学经历，更是一段追求卓越的金色岁月。

回首过去，他感谢清华经管 EMBA 提供了这样一个宝贵的学习平台，让他能够获取知识、结交挚友、成就事业。展望未来，他信心百倍，将继续秉持清华精神，带领科华公司不断前行，朝着目标努力奋斗。

在清华经管学院建院40周年之际，陈成辉祝愿学院：创造前沿知识，创新思辨不止，成为世界一流的经济管理学院。

文 / 郑凯歌

校友介绍

陈成辉，福建平和人，中共党员、享受国务院特殊津贴专家、全国劳动模范、教授级电气工程师、福建省优秀专家、清华大学高级工商管理硕士、明尼苏达大学全球工商管理博士。2010年至今任科华数据股份有限公司董事长。先后荣获全国五一劳动奖章、福建省五一劳动奖章、福建省劳动模范、福建省科学技术奖、海西产业人才高地创新领军人才、全国优秀科技工作者、"亦麒麟"第二届新创工程领军人才等多项荣誉称号。

陈国青
四季耕耘与学术回响

"捷径是偶然,远足是常态",治学为人都是一场漫长的前行。

家园
清华经管学院 40 周年院庆系列访谈

自 1994 年回国、1995 年 1 月加入清华大学以来，陈国青已经在清华大学经济管理学院度过了 30 个春夏秋冬。从一名年轻教师、学术新人，成长为管理学科的筑基者、引领者，到国内管理学界最高奖项——复旦管理学杰出贡献奖获得者，再到清华大学文科资深教授……陈国青说，学术追求的历程恰如四季，既有冬的蕴育、春的萌发，又有夏的热烈、秋的收获。30 年来，他是和学院共同成长的。

陈国青

加入清华经管学院，不仅是兴趣、专业和缘分使然，更是看到了学院在融入国家经济社会发展大潮中面临难得的时代机遇。

1978 年，陈国青考入中国人民大学经济信息管理系。1985 年，由国家公派赴比利时鲁汶大学攻读硕士和博士学位。1994 年，陈国青放弃海外著名高校 offer 和优厚待遇回国，随后到清华大学经济管理学院任教。"当时，正逢国内市场经济大潮开启。做时代的弄潮儿，是当时好多年轻人的想法。"陈国青说："学院比较鼓励现代科技和经济管理相结合的研究，这非常契合我的研究方向和兴趣，学院也能给予足够的成长与发展的空间。"

以理想之名，与数据为伴

在当时的陈国青看来，刚过完 10 岁生日的清华经管学院正走过"起步发展"阶段，迈向"学习发展"阶段。"学院第三个十年，我认为可以叫作'融合发展'阶段，第四个十年，可以叫作'创新发展'阶段。我加入学院的时候正好处于前两个阶段的交汇期，我和学院是在共同发展的路上。"

陈国青回忆，在学习发展阶段，国家"985"工程提出重点支持部分高校创建世界一流大学和高水平大学。乘着这股东风，清华经管学院也制订了系统性的发展规划，当时重点内容有两项：一是支持教师赴国际知名商学院深度学习交流，助力提升教师国际视野和前沿学术能力；二是从机制上鼓励教师参与国家重大课题研究。很快，经管学院在国家级研究项目的承担数量和师资人才建设方面就处于国内领先位置。

陈国青扎根学术、醉心科研和学科发展，在管理学科领域做出了一系列重要贡献。他联合国内其他学者于 2005 年成立了国际信息系统学会中国分会（CNAIS）并担任创始主席 8 年。CNAIS 现已发展成为国内最具影响力的信息系统领域学术共同体。同时，他多年担任教育部高等学校管理科学与工程类专业教学指导委员会主任，积极推动我国包括信息管理与信息系统专业、大数据管理与应用专业在内的相关学科专业建设，促进教学质量提升、课程体系完善和师资力量的发展。

2019 年 6 月 10 日，陈国青在人文清华讲坛发表讲演

陈国青在商务智能领域中不确定知识发现和信息系统领域中大数据管理决策等方面的研究贡献，让他在国内外学术界声誉斐然。他于 2009 年被国际模糊系统学会授予 IFSA Fellow 称号，成为第二位获此殊荣的中国大陆学者；2019 年，他又被国际信息系统学会授予 AIS Fellow 称号，是第一位获此殊荣的大陆学者。

"我的研究核心就是围绕数据，数据也始终能给我新鲜感。"无论是科研还是教学，陈国青始终围绕着数据和信息，极致的长期主义也让他穿越周期，他的研究成果在已经到来的大数据时代和智能时代越发凸显出重要性。

2015年以来，陈国青担任国家自然科学基金委"大数据驱动的管理与决策研究"重大研究计划的指导专家组组长，牵头负责该重大研究计划的总体设计、项目布局和研究指导。

作为国家自然科学基金委最高规格的研究项目类型和迄今为止唯一的一个大数据领域的重大研究计划，它汇聚了一大批国内优秀团队，发挥管理、信息、数理、医学等多学科交叉优势，结合商务、金融、医疗健康、公共管理等领域的重要管理决策问题展开攻关。

"理论与实践要结合。向世界讲好中国最新发展的故事，还要源于真正的原创和引领。"以大数据管理决策的研究为例，什么问题是"大数据问题"？要使用什么样的方法论做研究？在大数据情境下作决策与过去有何不同？大数据重大研究计划重点要解决哪些问题？……这些都是此前从未研究过的，同样也是他为自己设定的高峰。

多年来，陈国青孜孜不倦，在学理上回答一系列挑战性问题，构建具有现实意义的管理理论与方法，产生了重要的行业和社会影响。此外，他还通过这一重大研究计划以及主持的NSFC重大项目等一系列国家级研究课题带动培养了学院的一批青年教师，夯实着学院高质量发展的人才基础。

"要攀就攀最高峰"

1999年起，陈国青担任学院副院长。当时，在朱镕基院长、赵纯均院长的带领下，学院正在逐步与国际接轨，持续加大对外开放与交流合作。

"特别是我国加入世贸组织以后，'引进来'以及'走出去'的情形越来越多。我们要在学术上与国际对话，在国际上讲好中国经济管理故事，最主要的是学术方法论、范式要和国际接轨，要让全世界听到清华经管学院的声音。"陈国青说。

陈国青在 2001—2009 年期间担任学院常务副院长，积极推动并分管学院参加国际商学院联合会（AACSB）管理教育认证。"质量认证是一个系统工程，教学科研、学生培养、校友等多方面工作都要达到很高的水平，学院的教育要在国际上是顶级标准。"

为通过认证，学院在诸多方面进行改革并持续优化，最终成果也不负众望。2007 年、2008 年，学院先后获得 AACSB 管理教育认证、AACSB 会计教育认证、欧洲管理发展基金会（EFMD）的欧洲质量发展认证体系（EQUIS）认证，成为中国大陆率先获得 AACSB 和 EQUIS 两大全球管理教育顶级认证的经管学院。

要攀就攀高峰。通过认证，陈国青认为达到了三个目的：一是搭建了学院和国际高质量经济管理教育的一个对话平台，实现了彼此在科研、学生培养上的互信和互认。二是构建了一个持续发展的平台，因为每 3~5 年会重新认证，这等于是以外力来促进学院持续长远发展。三是让世界看到了学院各教学项目的发展潜力，教学项目在全球的各项排名也持续上升。

随着学院迈向创新发展阶段，加上中国经济规模和实力上升的大背景，中国企业、中国案例、中国标准也备受关注，学术界迫切需要对这些"中国现象"的原创性的研究。

曾长期分管学院科研工作的陈国青感慨："既要从全球视野中找寻理论支撑，又要立足中国发展的根基。我们已经到了创新发展的阶段，通过有影响的学术新知和社会贡献解决我们面临的新问题。

既要考虑国际学术脉络，又要与中国实际问题结合，这也是当下的学者和学院科研工作的使命。"

陈国青参加国际 AACSB 认证 2007 年年会

令人欣慰的是，在一代代经管人的努力下，学院教师立足中国国情做科研，力争以一流的科研成果在世界学术舞台上发出中国声音，讲好中国故事；同时积极参与行业和政策研究，为中国经济社会发展建言献策，正发挥着独特而重要的作用。

"在浮躁与喧嚣中作出无愧于心的选择"

在学院工作多年，陈国青这样理解学院的文化："我年轻的时候，学院有很多老教师待我全心全意，他们塑造了以德为先的学术气质，这是学院的一种文化。"同样地，陈国青也把这种气质传递给后辈教师和学生。

陈国青经常鼓励和帮助青年教师参与前沿课题研究，扩大研究成果的影响力。他也十分关注同学们的成长与发展。

他说，尽管大家的具体目标不同，沿途风景各异，但"捷径是偶然，远足是常态"，治学为人都是一场漫长的前行。

他曾经写过一篇随笔，名为《学术的四季》，深受同学们的喜欢。"冬，这令人寂寥的季节，虽有暖阳和憧憬，却充斥着期待的不安。""然而，冬又是升华的中转。只有休整蓄力，沃土保墒，才是学术耕耘的蕴育积淀……"

"平实见卓越，简约映品格。"陈国青常用这句话鼓励同学们：每一点成果的获得都来自踏实的点滴积累，要具有时代感和方向感；要坚持一流意识，追求卓越，更要多一些简约的、朴素的、理想主义的家国情怀的品质特质，在浮躁与喧嚣中作出无愧于心的选择。

在建院40周年之际，陈国青为学院送上祝福："让我们都朝着共同的使命，以成就更加卓越的未来。"

文 / 贾逸菲、张城玮

陈 剑
问道全球视野，勇攀科研高峰

"中国的体量大，在世界的位置太重要了。如果我们能够帮助中国企业做大做强，提升企业的国际竞争力，那么一定程度上就是对世界产生影响。"

从清华大学电机系、自动化系到经管学院，从系统工程专业到管理科学与工程，从获得"青年科技奖"到担任多个国际会议主席和学术期刊的主编/编委，再到主持国家自然科学基金重大项目，从根植本土到培养国际化人才……在与学院结缘的30多年里，陈剑始终以追求卓越的清华精神、严谨求实的治学态度，立足中国国情，放眼世界舞台，为管理科学与工程学科的长足发展持续贡献力量。

陈 剑

1978年，陈剑进入清华大学学习，从电机系的本科生到自动化系的硕士生、博士生，跨学科的经历使他具备了多元的知识背景。1987年，适逢经管学院大力引进人才，加强经济管理学科建设，陈剑跟随导师郑维敏先生一起加入，成为经管学院的一名博士生。1989年博士毕业后，他留在学院工作至今。

陈剑热爱科研工作，在研究中不断钻研和攻关。为了解学术研究的国际前沿，他经常跑到各大图书资料库，学习影印版外文文献，学术水平在日积月累中得到提升。他的博士学位论文被评为清华大学优秀博士论文。1992年，陈剑获得"青年科技奖"。回忆起当年的情景，他感慨："当时获奖后，内心还是非常高兴的。因为这个奖项是面向所有领域，每两年评选一次，每次不超过100人获奖，竞争还是比较激烈。"获奖后的动力也潜移默化地激励着他继续专心从事科研。

1997年，在学院支持下，陈剑踏上了为期5个月的赴美访学之旅，到麻省理工学院（MIT）进行学习交流。"勤奋上进的师资团队，一流的MBA项目课堂教学与管理经验，还有沉浸式、全方位的学习和交流氛围，让我感触很深。"陈剑回忆，那段访学经历，对于他从系统工程向管理科学与工程的转型具有重要意义。

陈剑主持国家自然科学基金重大项目、创新群体项目等五十多项国家自然科学基金委、教育部、科技部等国家部委课题，以及地方政府/企业委托课题。目前，陈剑课题组正围绕"数智化时代的供应链管理""面向ESG的企业运营管理"等议题进行深入研究，服务国家社会的切实需求。在国际学术领域，陈剑多次担任重要国际会议的主席，以及10多个国际学术刊物的主编、编委或顾问。他还积极协调多方资源，争取多个国际知名顶尖会议在国内举办，在国际学术共同体中发出中国声音，贡献中国的学术力量。

陈剑曾多年担任管理科学与工程系系主任。在学生培养工作中，他注重人才培养要与全球接轨，致力于培养国际化学术人才。

2009年，陈剑联合姚大卫、戴建岗和赵修利3位特聘教授发起了"运营管理前沿国际研讨会"（Mostly OM），研讨会由清华大学现代管理研究中心主办,每年邀请国际上有影响力的学者和学术新星介绍各自的最新研究成果。研讨会迄今已成功举办十届,每次会议期间都座无虚席,成为管理科学与工程学科领域重要的学术交流品牌活动之一。

2014年,学院举行第五届运营管理前沿国际研讨会

"通过我们着力打造的国际顶尖学术交流平台,可以帮助教师和博士生追踪国际学术前沿动态,使得他们的研究与国际接轨。"陈剑欣慰地说,近年来,我们培养的博士毕业生在美国、英国、荷兰、新加坡、中国香港等地的高校担任教职,这也充分体现了对学院国际化人才培养的认可。

2002年,学院设立特聘教授制度,聘请当时经济学、金融学和管理科学与工程领域在海外获得终身教职、有一定影响力的华人教授,利用休假时间到学院工作,一方面给博士生上课,提升博士生的研究能力,另一方面和学院教师开展合作研究。

陈剑在课堂上

"我们当时就是想着要找到这个领域最拔尖、最活跃的学者们,通过授课、学术合作等方式,指导博士生和青年教师开展研究工作,提高我们博士生培养水平和学院整体的研究水平。"陈剑回忆当时的上课情景:"不仅是我们学院的学生和老师来听,很多校内其他学院、包括北大等其他学校的博士生、青年教师都来听教授们讲课。"

特聘教授制度的落地实施,对于创新完善课程体系、搭建学术交流平台、指导科研工作、培养高端科研人才等学院各方面的发展,都起到了积极的推动作用。

站在经管学院40周年院庆的时间节点上,陈剑谈到老院长的谆谆嘱托:帮助我们的学生做好、研究好中国的企业。"中国的体量大,在世界的位置太重要了。如果我们能够帮助中国企业做大做强,提升企业的国际竞争力,那在一定程度上就是对世界产生影响。"

陈剑也对青年教师充满期望："我们这一代人更多的是起到承上启下的作用。而新一代的年轻教师有更多可能性在国际学术共同体中发挥引领性的作用，让清华经管学院进一步达到国际一流领先地位，这既是一种使命，也是一种期待。"

"作为学院发展过程中的亲历者和见证者，很高兴看到学院发展到一个新的阶段。祝福学院未来有更好的发展，产生更大的世界影响力。"陈剑说。

文 / 袁雨晴

陈 晓
让世界看见清华会计

"我希望,让清华的会计系不仅在国内有学术名声,在国际上也能拿出更多让其他国家学者共同认可的东西。"

1997年3月,作为清华大学最早一批留美归国的经济学博士,陈晓乘着时代浪潮,投身于会计学科的建设。他发挥自身优势,放眼国际学术前沿,在教学科研的融会贯通中加强创新,致力于推动中国会计专业领域科研水平的提高,也见证着经管学院的成长壮大。

与时代同向 与经管同行

"与学院的缘分,要回到1995年。"谈及职业生涯的选择,陈晓的思绪回到20世纪90年代。临近毕业时,导师问他有什么打算,他说"我想回中国"。导师追问:"你真想回国吗?"陈晓再次答"是的"。当时的中国正处于经济转轨时期,面对未来的各种不确定性,陈晓更相信自己的直觉。

陈 晓

后来，一次偶然的机会，陈晓在美国先后见到了时任清华经管学院副院长的赵纯均老师和陈小悦老师。通过接触，陈晓感觉到他们是真正干事业的人，也感受到学校和学院对教师的尊重与期待。从那时起，清华经管学院就成为他的不二选择，也成为他为之耕耘至今的沃土。

敦厚严谨　锐意革新

初到学院，陈晓选择先把基础打扎实，怀揣着不忘初心的赤诚，专注于本科生的教学与中国会计行业的研究。

1998年，由陈晓牵头，首创了北美模式的培养项目，将美式研究方法运用到中国会计研究的具体实践中，不仅推动了中国会计界博士生培养的进步，更为其他高校会计研究方法的革新提供了切实可行的经验，并起到了引领作用。

陈晓回忆，依靠当时力量办出来的顶多是国内最好水平，他提议邀请世界知名大学最前沿的老师讲授最先进的理论和方法，研究中国的实际问题。从本科到博士，会计系所有课程都是按市场经济的需求来设计，并且按国际标准要求，甚至比国际同类标准还要再高一些。坚持双语教育，英语教材、英语作业、英语考试。在人才培养方面思路也很清晰，本科生定位于培养职业会计师，硕士研究生则是要求不仅要知道该怎么做，还要知道为什么这样做，到了博士阶段就要研究应该怎样做才能更好。

数十年如一日严谨的治学态度以及不断进取的行动，使陈晓成为中国会计学界国际化、现代化当之无愧的"开拓者"之一。

创造知识　传播知识

陈晓回忆，创业初期的经管学院着力提升师资水平，其中不少选择留在母校的博士生成为后来的骨干力量。"早些年，我们博士学位老师比例不高，现在所有老师都有世界一流大学的博士学位，这是一个质的提升。"陈晓认为，他们传播了更为现代的思维方式与研究方法，为学院的文化传承注入了新的力量。

提及育人，陈晓特别强调，"大学两个基本的职能，就是创造知识与传播知识"。这也是他日常工作的准则，致力于创造宽松愉快的学习环境，让学生不拘泥于书本，保持对科学研究的批判性思维。对于学生，陈晓经常提醒的是，在校期间要把各门课程学扎实，特别是基础性的理论学习，虽然基础理论看不见、摸不着，但就像练武功一样，越是基础的，就越能体现功力。有了这个基础，等到对社会有足够了解的时候，就能把自己的能量释放出来。除了夯实基础外，他还鼓励学生要有追求，他说"追求"不仅仅是一个具体的目标，更是追求一种成就感。在追求的过程中，要跟国家的整体发展脉搏一致，不断调整自己，以适应社会发展的需要。

提及科研，陈晓对学院给予教师们高度的学术自由氛围予以赞赏。在这种自由、宽松、平等的学习氛围下，经管学院在诸多领域取得了优异成绩，为国家的经济社会发展输送了大量人才。

"我希望，让清华的会计系不仅在国内有学术名声，在国际上也能拿出更多让其他国家学者共同认同的东西。"这是陈晓为之奋斗的夙愿，其挑战也是巨大的。陈晓认为，对于会计学来说，不仅要让国外的学者理解和接受我们的研究成果，同时也要让其很好地理解中国国情。这不是靠一代人的努力就可以一蹴而就的，但我们有信心，学院也有能力，会走得更远。

在 40 周年院庆临近之际，陈晓表达了对学院的祝福："未来还有很长的路要走。希望经管学院能够成为全世界青年学子求学首选的地方。我们大家要为这个目标而努力！"

文 / 郑黎光

陈章武

耕耘于讲台，奉献于大地

我在经管学习生活的这几十年，过得很幸福、很充实。我很骄傲，我是一名合格的经管学院的教师。

他曾担任清华大学现代应用物理系党委副书记,清华大学经济管理学院党委副书记、书记、副院长,清华大学中国经济研究中心副主任,中华外国经济学说研究会理事。他既是清华大学研究生精品课程主讲教师、政府特殊津贴获得者,又担任过甘肃兴华青少年助学基金会理事长。他不仅仅在清华园挥洒汗水,更在偏远的黄土地上播种教育的希望……

时代浪潮的见证者

1964年,我国第一颗原子弹在西北荒漠爆炸。正值高三的陈章武备受鼓舞,毫不犹豫地报考了清华大学工程物理系。当时,他的人生志向是当一名光荣的核物理领域的科研工作者,为祖国核事业贡献力量。

陈章武

提起青年时的理想，陈章武的脸上满溢着幸福。

命运在那一年发生了转变。"1986年，当时社会上都在讲以经济建设为中心，经管学院也是刚刚诞生不久，非常缺教师。我服从组织安排到经管学院工作。这一待就是几十年。"陈章武说，"从事经济管理方面的教学、科研和管理工作，虽然并不是我的初衷，但我在经管学院学习生活的这几十年，过得很幸福、很充实。我很骄傲，我是一名合格的经管学院的教师。"

陈章武回忆，学院创建伊始，各方面条件十分有限，物质条件匮乏。"最初我在经管学院唯一的财产，就是一个用来接收通知、消息的信箱。"相比简陋的物质条件，更大的困难来源于思想上的困惑。学院未来的发展方向在哪里？当时的改革开放仍处于起步阶段，社会经济建设都是"摸着石头过河"，老师们对教学方向的意见也不统一，学院到底应该教给学生什么？我们教出来的学生们毕业后能从事什么样的工作？

1992年，邓小平南方谈话在全社会引起了强烈的反响，也为当时学院的发展指明了方向，学院进入了快速发展期。陈章武说："当时，我们看到经济管理学院从一个寂寂无名的小系，发展到清华大学最大的教学实体之一，感到非常兴奋、非常光荣。"学院还借鉴国际先进教学理念，与国际知名院校开展交流合作，学习发达国家成熟市场经济的经验，在清华大学乃至全国最早通过国际认证。"取得的成果证明，学院师资队伍的建设、教学内容的安排、培养学生的方案等，都是符合市场经济发展规律的。"

陈章武认为，正如朱镕基老院长在学院建院20周年时题词所说，清华经管学院是"应运而生，顺势而上"。如果没有改革开放，没有建设社会主义市场经济体制这个目标，就没有经济管理学院的迅速成长。

教学一线的耕耘者

初到经管学院,陈章武曾对自己的专业能力感到怀疑。"让我教经济,我确实没有学过,那时候我是跟学生一块儿学习的。"虽然在新的领域从事教学是一件极其困难的事,但陈章武仍然坚守着教书育人的信念,他对自己提出要求:一定要成为一名合格的、优秀的教师。

陈章武在EMBA2019级开学典礼上作报告

他在实践中发现,经济学包括微观经济学、宏观经济学和计量经济学等,有大量与数学相关的知识,考虑到之前自己从事工程物理方向的研究,有着扎实的数学基础,因此他选择经济学作为新的方向。当时,学院为教师提供了出国深造的机会,但由于历史原因,陈章武俄语水平尚可，但英语水平达不到标准。当时已经四十多岁的他仍然不懈努力，直至英语语言过关，先后前往加拿大和美国学习经济学。经过长时间刻苦学习和学术训练，终于成长为一名经济学领域的教授。

陈章武努力将"教学相长"落到实处，他在教授经济学和金融学相关课程时，会不断打磨上课的内容，解答同学们的疑惑，同时，与学生一起学习。这样的教学模式和经历，使得学生们对经济学有了更好的理解。陈章武表示，能够不断指导一批批优秀学子，帮助他们成长为建设中国的栋梁之材，是他最在乎、最引以为傲的事情。

不求回报的奉献者

在经管学院工作的这些年，许多同事都给陈章武留下了深刻的印象。陈章武第一个想到的就是已故的赵家和教授。"赵老师是一位好兄长，也是一位好同事，更是一位清华园里真正的'大先生'。"他用"聪明仁爱"四个字来概括这位已经去世的老朋友。

在陈章武眼中，赵家和老师关心他人、关心学院、关心社会，一辈子默默地做好事，从来不争名利，退休后用全部积蓄建立甘肃兴华青少年助学基金，帮助甘肃等西北地区家境贫寒的学子们完成学业，用实际行动践行了"炭火教授"的精神。

"他用他的一生无言之教，告诉我们学问应该怎样做——精益求精；为人应该怎样为——默默奉献。"在陈章武眼中，赵家和是经管学院的开拓者、经管学院金融学教育的奠基人。他坚守一种饱含大爱的价值观：金融不是学如何把别人口袋的钱算计到自己口袋里，而是应该把钱用到最值得、最需要的地方去。这种胸怀无声地影响着学院人才培养的理念。陈章武说:"经管学院培养的企业家应该有社会责任感。企业应该赚钱,但应还有更高层次的责任,我认为是奉献的责任。"

陈章武和学校代表进行受助学生家访

在赵家和老师去世后,陈章武继续传递"炭火教授"精神,坚持奔走在公益助学的第一线。近年来,他不顾年老体弱,身体不便,多次前往甘肃省各地学校探访。他走入班级课堂,了解学生们的学习情况,到学生宿舍和食堂查看食宿条件;他家访贫困家庭的学生,倾听他们的烦恼,为他们送上恰当的、及时的帮助。面对受助学生,陈章武永远都是耐心和蔼的。收到学生们寄来的感谢信,对他来说就是最快乐的事。

在陈章武的记忆里,学院还有数不清的老师为教育事业无私奉献。会计系已故教授徐瑜青非常热爱教学工作,将一辈子都交给了学生；市场营销系教授姜旭平退休之前就开始去贵州大山里为职业技术学校默默奉献；领导力与组织管理系教授钱小军接过兴华助学基金会的担子，继续为公益事业贡献力量……他们用自己的学识和实际行动，践行着立德树人的理念。

在学院40周年院庆之际，陈章武引用袁宝华先生的话"以我为主，博采众长，融合提炼，自成一家"，希望学院广泛学习借鉴世界上优秀经济管理学院的先进经验，传承创新、自成一格，为企业、为社会输送更多的人才，为国家做出更大的贡献。

文 / 周锦波、杨睿洁

戴晓渊

与时舒卷，行胜于言

得益于在学院的学习，我建立了比较完善的金融知识体系，学会以国际视野解决本土问题，并通过金融实践持续成长。

戴晓渊

走入戴晓渊的办公室,墙上醒目的书法作品率先映入眼帘,"志存高远,内外兼修,厚积薄发,行胜于言",遒劲的笔触书写着自己的不懈追求和对其所带领团队的殷殷期待。戴晓渊很喜欢这幅字,因为总能令她想起身处清华校园的美好时光。

与 FMBA 结缘

2000 年,是中国金融改革发展的一个重要节点,面对 WTO 的挑战,行业持续深化改革,金融业展现出崭新的格局和对高素质人才的迫切需求。清华—香港中文大学金融财务 MBA 项目(以下简称 FMBA 项目)应运而生,而戴晓渊便是该项目的首届学生之一。

"当时还是朋友指着《北京晚报》上的信息推荐给我的。"戴晓渊笑道,"申请的时候我刚刚满足工作 5 年的要求,很感谢项目创始人何佳教授和陈国权教授选中了我。"

"我那时还在银行基层工作,为了在金融行业深耕而加入

FMBA 项目。作为首届班里年龄最小的学生之一，有幸获得了与来自各行各业的优秀人才共同学习交流的机会。二十几年前从 FMBA 项目结识的良师益友，至今依然彼此联结，促成了许多跨领域的相互支持与紧密合作。"

在清华"行胜于言"的校风熏陶下，在自己的不懈努力下，她从兴业银行的一名普通员工，一步步成长为总行投资银行部总经理，继而转型从事投资工作，深耕金融领域，不断提升进化，取得了一次又一次意义深远的创新突破，不断开拓职业生涯的新历程。

创新之路，步履不停

2012 年，戴晓渊从兴业银行北京分行调任总行投资银行部，上任就接到了营业净收入从 3 亿元直接增长到 10 亿元的"不可能完成的任务"。

"只能靠创新。"她解释道，"光靠努力是实现不了的，我把所有精力都放在了创新上。在充分研究市场和业界的整体趋势后，我下半年正式启动创新工作，实现了在基础设施建设投融资领域的重大创新，得到市场的广泛欢迎，大量业务项目快速落地。"短短半年时间，戴晓渊带领团队完成了营业净收入 25 亿元的成绩，达到原定目标两倍以上。

当时银行间市场每年对全体主承销商进行排名，凭借这一年的惊人表现，兴业银行一举跃居股份制银行第一。任职期间，她带领兴业银行从全市场银行发债规模第八名迅速攀升至第二名，比肩国有大行。

2014 年，为响应国家金融主管部门的政策号召，戴晓渊带领团队开始资产证券化的探索研究工作，参与设计了许多引领市场的金融产品创新实践，更好地服务实体经济的发展。

那一年也是中国资产证券化的元年，其中比较创新的一类是未来现金流证券化。当时珠海某大型文化旅游项目向兴业银行当地分行申请贷款,她带队评估过后发现这个项目有很好的现金流,因此,以未来现金流证券化的方式与该项目公司签订了业务合作协议。公园全部门票收入作为直接还款来源归集到兴业银行,只要现金流未来能满足还款即可。

这个项目一笔就落地了 20 亿元,如果是传统的抵押贷款,没有足值的抵押物,企业绝对无法实现同等的融资数额。正是这样的创新,满足了众多优质项目和实体企业的发展需求。

戴晓渊参加清华大学数字经济系列沙龙

"得益于在学院的学习,我建立了比较完善的金融知识体系,学会以国际视野解决本土问题,并通过金融实践持续成长。更重要的是,如果没有学院老师和银行领导对创新精神的鼓励,以及'行胜于言'的鞭策,我也很难取得今天的成绩。"谈及自己创新的原点,戴晓渊说道。

智领投资前沿，赋能实体经济

面对困难，戴晓渊有不服输的韧劲、清醒的头脑和明确的方法论；面对成就，她也能以平常心对待，整装再出发。2017年，她离开原有领域，转型投资相关工作。回首整个职业生涯，尤其是创业过程中，戴晓渊非常感激学院给予的帮助和支持。

2021年，她参与设计成立了国内首支公募REITs FOF基金，参与了中国REITs市场的首批公开发行，并以战略投资者身份实现了对三支公募REITs的项目投资。公募REITs的推出，一定程度上解决了当时新型基础设施投资的困境，同时引导社会资本脱虚向实，共同参与国家重大领域的基础设施建设。同时，她发现国内金融领域对公募REITs的研究较少，便邀请清华经管学院的朱玉杰老师、沈涛老师共同成立课题组，专门研究适合中国REITs的估值定价模型，作为未来投资的理论支撑。

身为专业战略投资者，戴晓渊致力于挖掘被赋予时代活力的产业潜力。工业互联网是数字经济和实体经济深度融合的关键底座，也是加快形成新质生产力的战略性基础设施。紧贴国家战略指向，工业互联网的发展可以带动一系列关键产业的技术创新。

2022年，她进入数字经济领域投资赛道，本着"以国家战略为驱动，赋能实体经济"的投资理念，领投了中国工业互联网某头部企业。之后，她与学院朱武祥老师合作成立课题组，专门研究数字经济领域新的商业模式与交易模式，向数字经济企业提供了新的实践路径和学习机会，并且丰富了未来经管学院授课的实践案例库。

回馈学院培养,建设 FMBA 家园

很多人都觉得,戴晓渊是一个很有力量的人。这些力量中,蕴含着清华"立大志,入主流,上大舞台,干大事业"的信念,坚定了她的每一步职业选择。而对 FMBA 项目的归属感,也促使她承担起 FMBA 北京同学的组织工作。

她希望将经管学院的"家园文化"传递给更多校友,她带领组织 FMBA 校友们共同探讨产业并购、数字经济、大健康等前沿话题,助力彼此在金融领域获得更大成就,切实为国家和社会贡献金融人的独特价值。校友们的积极参与、热烈反馈也使戴晓渊备受鼓舞,她还把这种文化带入与 FMBA 项目、港中大校友的往来中,建立了更加深厚、广泛的校友网络。

在建院 40 周年之际,戴晓渊献上了自己诚挚的祝福:"祝学院 40 周年生日快乐!感恩学院培养,愿学院积历史之深蕴,再谱华章!"正如迈向"世界一流的经济管理学院"目标的清华经管学院一样,戴晓渊在人生的创新之路上也从未停歇,始终走在时代浪潮的前沿。

文 / 郭望霄

校友介绍

戴晓渊,清华经管学院 2000 级首届 FMBA 项目校友,现为北京大潮私募基金管理有限公司董事长。

方　方
我见证了学院的诞生与成长

> 年轻人应该胸怀远大志向，不论从事哪一个行业的工作，都有先行者的心态，要有一种为国家的崛起、为民族的发展做贡献的决心。

他是经管学院的第一批学子,见证了学院 40 年的成长与发展。经管学院的教育使他成长为一名复合型人才,立足中国,面向世界。他时刻不忘学院的培养,心系母校,常怀报答之心……

见证:一个学院的诞生与成长

2024 年是方方入学 40 周年,很多年以后,他还是会想起当年在填写高考志愿时,自己所写下的那一长串几乎超出了表格长度的专业意向——"经济管理数学与计算机应用系统。"正是从那时起,一位踌躇满志的年轻人与经济管理事业结下了缘分:1984 年,方方成为刚刚成立的清华经管学院首批学子中的一员,从此,他与这个年轻的院系共同成长。

方　方

初入清华园,让方方印象深刻的是经管学院颇具特色的教育模式。用他的话来说,当时经管课程安排的一大特色就是"兼容并包"。

由于成立时间尚短，经管的基础课程需在不同院系完成，相当于经管的学生"到人家的主场去比试"，计算数学课程和离散数学课程与应用数学系同堂，电路与控制课与电机系同堂，数据库在计算机系学，等等。如今回想起来，方方认为这种尝"百家饭"式的教育模式在无意中促进了复合型人才的培养，为同学们日后的职业选择奠定了更为宽广的基础。受此影响，与方方同辈的经管同学中也诞生了运筹学专家、会计专家、统计（后又转行生物统计）专家与经济学的专家，甚至是计算机数据库方面的专家等各个行业与方向的人才。当然，更多的是像他这样从事金融、经济与管理的专业人士。

在方方看来，除了特殊的教育模式，经管学院的课程设置也是"起点高、要求严、难度大"。在学习控制论时，有时为了解一道作业题，他会花费周末全部时间，运用拉普拉斯变换与反变换，从头推导演算到尾，甚至手写用完了整整一个横格本。他回忆，这些严格的训练，不但奠定了大家牢固扎实的知识基础，更重要的是让自己树立起面对任何困难的坚定自信心，也培养出了勇于迎接一切挑战的顽强意志。

除了课业要求之外，学院还鼓励学生们真正走进基层，前往一线，参与到社会实践活动中去。大一暑假，他和另一位同学，从清华园18号楼出发，徒步走了6天，到达张家口，沿途走访乡村和工业企业；大二暑假，他又约了另一位同学，从丹东出发到达天津，沿途走访政府、企业、高校，回京后写了《环渤海经济圈合作发展考察报告》；大三暑假，方方前往内蒙古和山西等地，参加朱镕基院长组织的国内企业技改调研；大四暑假，他还作为学校的学生会主席带领20人的学生科技服务团，前往安徽芜湖等地从事考察调研及企业管理咨询等活动。这些宝贵的经历都给方方留下了难以磨灭的印象，也深刻影响了他之后的发展与选择。

岁月流转。从1984年经管学院成立，到1991年MBA学位教育设立，再到学院进一步推动国际化建设，伴随中国改革开放与经济发展的历史进程，方方见证了经管学院从彼时清华大学最年轻、人数最少的院系成长为如今规模最大、发展最为成熟的院系之一。回想起在经管学院求学的日子，他认为，正是这段与学院共同成长的经历，让同学们收获了与时俱进的学习能力、坚强的意志力与积极进取的精神，而这些都是足以影响人一生的宝贵财富。

传承：经管人之间的情谊

40年后，方方仍记得，当时经管学院人不多，但这恰好也促进了经管人之间更紧密的联系，不同年级的同学会一起参加舞会、骑车郊游、组队踢球，一起参与各种调研活动。多年后回忆起来，不论是在学业还是职业的发展上，经管人之间的纽带都给他带来了诸多帮助。老师、同学们的雪中送炭，在上课学习中的热心帮助……

"经管人之间的这种情谊好似与生俱来、血脉相连一般。"方方说，共同的经历将他们连结在一起，校训、校风深深印刻在心中，影响着学子们的一言一行。

时至今日，方方仍对当时担任学院党委书记的邵斌老师对自己的教导和帮助记忆深刻。邵斌老师对学生关爱有加，经常鼓励学生们大胆尝试探索新的研究方向和实践方向，在生活中也对学生们关怀备至。1988年，方方代表学院去参加校学生会主席的竞选。面对系龄短、学生人数少等一些劣势，邵斌老师鼓励他在不影响学业的前提下大胆地尝试，不要被顾虑绊住手脚，即使选不上也没有关系，未来还可以去继续探索开拓新的机遇。这份来自老师的信任与支持使得方方收获了极大的动力，也助力了他后续的竞选宣传与沟通工作，让他至今仍然难以忘记。

在接受了来自老师、学长学姐等前辈的悉心培养与无私帮助后，方方最想做的就是将这一纽带传承下去。即使毕业多年，且身肩社会要职，方方仍然心系学院，坚持回到学校为经管学院的学生们开设讲座并讲授学分课程，每年春季学期的"金融机构概论"课程，都深受同学们的欢迎。"很多前辈学长无私地给予我们很多帮助，那我们能做的就是帮助后辈，希望他们能够像我们一样，获得前辈的一些忠告、帮助和提携。"方方如此说。

前行：要努力做伟大时代的先行者

当被问及清华经管人最重要的特质，方方选择了"先行者"这个词。在他看来，"先行者不代表你一定是最早出发的，但是代表你一直希望走在最前面"。而不论未来从事哪个行业，最重要的是不停地激励自己成为该领域的先行者。"我们没有躺平的权利，这是发自内心的素质和动力。我认为这是经管学院最大的特色，也是给学生带来的最大的鞭策。"

从中国改革开放的浪潮中走来，方方认为，这是他们这一代人成长的背景。而当下，中国的发展已经进入新的阶段，经历着百年未有之大变局，建设金融强国，走中国式现代化发展道路成为当下经管人的使命与前行的方向。方方希望，新一代人才应该能够不断开辟属于自己的道路，而不是照搬旧的发展观念。

方方认为，年轻人应该胸怀远大志向，不论从事哪一个行业的工作，都要有先行者的心态，要有一种为国家的崛起、为民族的发展做贡献的决心。与此同时，他也希望未来经管学子们能够"居庙堂之高则忧其民，处江湖之远则忧其君"，要脚踏实地，从小事做起，学好每门功课，解好每一道基础问题。特别是在清华经管学院这样的环境下，人格与性格的锤炼更为重要，面对百年不遇之大变局，要做到"卒然临之而不惊，无故加之而不怒"，需要有面临惊涛骇浪和接受各种从未想象过的挑战和挫折的心理准备。在2024年校庆期间举行的1984级同学入校四十周年纪念会上，方方分享了他当年刚入学时读了许多武侠小说，印象最深刻的一句话就是，"侠之大者，为国为民。大干一场，悄然离去"。

在学院40周年院庆之际，方方表示，学院在过去40年中伴随中国的改革开放，特别是经济和金融的改革开放获得了长足的发展，今天，学院与师生面临建设金融强国的新的机遇和挑战，希望学院能够以此为己任，吸引天下英才而教之，为中国式现代化发展、为金融强国建设培养一大批卓越人才。

文／王旭琛

校友介绍

方方，清华经管学院1984级校友。曾先后在纽约华尔街的美林集团、摩根大通投资银行任职，担任过摩根大通投资银行亚洲区副主席、中国区 CEO 等重要职务。目前，专注于通过私募股权基金，投资于国内外高新技术企业。此外，他还曾任全国政协委员和全国青联常委、香港特区政府策略发展委员会委员等社会公职。

冯 娟

扎根清华，立足深圳，为大湾区发展输送更多人才

谈及为何选择加入清华经管学院，冯娟坦言，在美国、中国香港生活22年，一直渴望回到祖国内地的怀抱，而清华让人向往，深圳又充满了活力与创新。

谈及为何选择加入清华经管学院,冯娟坦言,在美国、中国香港生活22年,一直渴望回到祖国内地的怀抱,而"清华让人向往,深圳又充满了活力与创新"。

冯 娟

基于对清华大学以及学科发展的信任与憧憬,2020年,冯娟投身到清华经管学院的建设中来。

为全面助力粤港澳大湾区发展战略,2020年,深圳市福田区人民政府、清华大学经济管理学院签约共建清华大学经济管理深圳研究院(以下简称研究院)。学生培养、创新创业教育、人才引进、学科建设与智库建设、合作与交流,成为研究院五大主要任务。

作为管理科学领域的全球知名学者以及标杆人物之一,冯娟见证了研究院的成立,也对学院在深圳布局建设研究院的发展前景充满信心。

冯　娟
扎根清华，立足深圳，为大湾区发展输送更多人才

由于时常在深港两地穿梭，冯娟对深圳这座城市并不陌生，但作为首批教师，要把学院的教学与科研带到深圳，提升学院服务区域经济社会发展和创新驱动发展的能力，对她来说既是机遇也是挑战。随着对学院的了解逐步深入，冯娟感受到深圳及大湾区的政策优势和创新氛围，体会到学院浓厚且自由的学术氛围，以及对人才、科研的重视和支持。"校园充满活力，师生交流氛围很好"，她这样表达来到清华经管学院三年多的感受。

在谈及自己的研究领域时，从容不迫、低调和善的她，眼中闪烁着自信的光芒："我需要不断关注最新技术对商业和社会所带来的变革，这是一个交叉学科，涉及信息技术、金融、财务、市场营销和大数据等多个领域。同时，它的应用也非常广泛，与日常工作和生活中接触到的应用场景都密切相关，如金融科技、市场科技，甚至人力资源科技等。我们的研究领域与智能商务和数字经济等热点问题息息相关，这促使我们不断学习，不断挑战自我。"

2022年9月，在学院老师的鼓励支持下，冯娟成功当选国际信息系统协会（Association for Information Systems，简称AIS）亚太区（Region 3）副主席，任期3年。这不但显示了她在国际信息系统领域的学术领军地位，也提高了清华大学在信息系统及数字经济领域的国际影响力，并为清华大学经济管理深圳研究院在大湾区数字经济方向的科研领先地位提供了有力支持。

2022年，由周大福珠宝集团捐赠的清华大学经济管理深圳研究院大湾区数字经济研究中心成立，冯娟担任主任，并邀请清华大学多位教授和数字生态领域专家组建成立顾问委员会。谈到研究中心的成立，冯娟感触颇深。她说，研究中心从无到有，离不开学院

领导的大力支持及行政人员的默默付出，他们为师生服务意识强，不管什么问题都会认真对待、积极解决。她期待研究中心未来能发挥出学院在数字经济领域独特的引领作用。

冯娟与学生交流

在多年的教学生涯中，冯娟积累了丰富的经验。短短3年，她立足深圳市和大湾区高质量发展需求，已经逐步开展了博士、专业硕士和高管教育等教学项目建设和学生培养。培养对象包括创新创业领军人才、战略型的科技企业家、熟悉科技发展又精通金融业务的金融科技领袖等。

在福田区干部大培训"学习沙龙"数字化转型与发展专题培训班上，冯娟的"大数据陷阱与数据安全"课程结合日常生活案例，引导大家在讨论中学会识别大数据陷阱、保护数据隐私安全，获得了学员一致好评。

活跃的课堂氛围以及同学们积极好学的精神，也让冯娟印象深刻。"深圳是中国乃至全球创新最活跃的区域之一，我期待未来能利用这种天然优势开设更多的课程，打造学院在深圳的口碑，为深圳及大湾区培养更多具有竞争力的人才。"

在访谈尾声，冯娟表示，老师和学生是学院最宝贵的财富。期待"清华经管人"团结一致，为学院做出更多更大的贡献，也希望更多的老师和学生加入研究院。"祝学院 40 岁生日快乐，希望学院能够在深圳这片沃土上发挥更大的作用。"

文 / 王翊、黄习优

纪孝效
要成为懂技术又懂管理的领军人才

当年干研班的大多数学员,无论是在工业领域,还是在公共管理领域,都能以战略格局和领军能力彰显韬略和智慧,服务大局,堪当重任。

从当年的机械工业部北京起重运输机械研究所研究室主任到清华干研班二期学员;从清华园里渴求知识的学子到机械工业部生产与信息统计司副司长,再到中国电工设备总公司党委书记……纪孝效受任于国家改革发展的关键时期,亦蒙恩于清华名师的悉心栽培。踔厉奋发,自强不息,为祖国的机械工业事业添砖加瓦、发光发热,一直以来,成为纪孝效心中执着的信念。

不忘初心　不辱使命

1983年,作为清华大学经济管理工程系管理干部研究班(简称"干研班")的第二期学员,纪孝效在清华园中度过了难忘的人生转折点。

纪孝效

来清华以前,纪孝效时任机械工业部北京起重运输机械研究所研究室主任。"我们这期学员主要来自机械系统、纺织系统和北京市企事业单位的工程技术人员以及中层管理人员，经由组织推荐和考试录取选拔，才能进入。"纪孝效回忆起40多年前进入清华求学的缘由和经历。

当时，党和国家确定了改革开放的路线和方针，迫切需要一批既懂技术又懂管理的人才。在此背景下，清华受国家有关部门委托，开展了"干研班"这一培养企业管理人才的教育尝试。

纪孝效至今还记得当年的课程设置以及老师们传授知识的情景。课程设置系统全面，涵盖了经济学基础、管理科学、计算机应用以及其他基础学科知识。"徐国华教授生动地讲授行为科学，使我们加深了对调动人的积极性、发挥人员潜力的理论与方法的认识；傅家骥教授的技术经济学指导我们如何对企业进行技术改造、技术创新……"朱镕基老院长也曾赠言干研班："为建设具有中国特色的社会主义经济管理而共同战斗！"

多年以来，清华园中宝贵的师友情也是纪孝效珍藏于心的精神财富。"吴栋、刘广第老师经常在课余时间和我们互动交流，关心我们的学习和生活。吴栋老师还特意关注了我们毕业后的工作岗位安排情况。"

纪孝效毕业后，还曾与潘家轺老师多次相聚。据他回忆，潘老师还参与了机械系统企业管理优秀论文的评审活动。纪孝效赶赴山东参加企业咨询工作时，潘老师还在现场亲切指导。"当时，我深感潘老师的学识渊博、谦逊儒雅、亲切待人以及师德高尚。"纪孝效如是说。

受任于国家改革发展的关键时期，亦蒙恩于多位名师的悉心栽培，纪孝效潜心学习，不断融通管理科学和技术工程，为机械工业事业的发展持续贡献着自身力量。

踔厉奋发　服务大局

作为干研班的党支部书记，纪孝效深感学友们良好的素质和沉甸甸的使命感。这个集体里的每个人都在积极向上、努力奋斗，力争成为对改革开放和经济建设有用的一分子。"当时，我们都是30岁到40多岁、工作多年的业务骨干，大家脱产学习，非常珍惜学习的机会，每天从十八号宿舍楼奔赴各个阶梯教室听课，业余时间认真做作业、看书。这种劲头彼此感染。"纪孝效回忆起在清华的求学时光，很有感触。

从干研班毕业后，多数学员都逐步担任了国家大中型企事业单位的领导及高层管理人员，还有部分学员成长为国家省部级领导。他们在各行各业为国家改革和经济发展发挥了积极作用。

"当年干研班的大多数学员，无论是在工业领域，还是在公共管理领域，都能以战略格局和领军能力彰显韬略和智慧，服务大局，堪当重任。"纪孝效说。

育人强基　勇争一流

在经管学院建院30周年和35周年的庆祝活动中，纪孝效都曾返回校园，与老师同学们重聚共叙，大家重温深情厚谊，回忆往昔难忘岁月，可以说一路见证了学院的发展历程和瞩目成就。"总体感觉目前学院的学科架构更加专业和丰富，师资队伍也更加壮大了。"

2024年适逢学院建院40周年，纪孝效也乐于继续为学院的发展建言献策。在他看来，一方面，学院要进一步加强对学生价值观与人格的正确引导与培养，要继续传承和发扬好赵家和教授的炭火精神，要继续发挥好历届校友中优秀人才的榜样作用，要以"自强不息，厚德载物"的精神涵养优秀学子，培养奉献社会、造福社会的精神追求，并强化学生开放合作的团队精神培养，助力他们成为各行各业的优秀领军人才。另一方面，学院的教育体系与课程设置要紧跟时代变化和国家社会需求，提高学生对当前科技发展重要性的认识，对生存发展环境变化的适应能力，培育他们终身自我学习的素养，使他们掌握创新的核心竞争力，逐渐成长为国家和社会所需要的优秀经济管理人才。

承前启后，继往开来。纪孝效也送来了对学院发展的祝福和殷切期盼："祝福我院未来蒸蒸日上，名列世界经济管理学院前茅。"

文 / 袁雨晴

校友介绍

纪孝效，1983 年 2 月至 1984 年 7 月在清华干研班学习，毕业后曾任机械工业部重型矿山机械局办公室副主任，科技处副处长，重点任务协调处处长，机械工业部生产与信息统计司副司长，中国电工设备总公司党委书记。

何治国
在世界学术舞台讲好中国故事

"成功的学者,要学会如何像海绵一样,在许多迥然不同的学习关系里汲取精髓来提高自己。"

清华经管学院 40 周年院庆系列访谈

从浙江绍兴的小镇到北京清华园,再到美国芝加哥、斯坦福,从研究美国的金融体系到聚焦中国金融市场的分析,再到追踪区块链与数字金融资产研究领域……何治国以学术为帆,乘风而行,不断探索更为广阔的、更多可能性的学术天地,彰显出扎实的学术功底与饱满的人生情怀。在清华经管学院建院 40 周年之际,何治国接受了我们的访谈,讲述了他与清华、与经管学院的缘分和故事。

何治国

在清华园里积蓄知识能量

何治国来自浙江绍兴的一个小镇,高考发挥出色的他将清华作为首选。何治国回忆起当年专业选择的原因:"我的父亲认为学习金融和经济是不错的出路。"初入清华园,何治国感受了颠覆式的震撼:全新的计算机设备,具有挑战性的课程,群英荟萃的校园……这些都对何治国的思想、性格以及为人处世的态度产生了深远的影响。"我的世界观就是在这个人生最重要的成长期里形成的。这就是清华的魅力、经管的能量。"何治国感叹道。从本科到研究生,何治国在清华园里度过了整整六年的时光,也遇到了教授他知识和人生智慧的恩师。他回忆,时任金融系系主任的赵家和教授,作为"金融学导论"的授课老师,能够从实用的角度将一门艰涩的课程讲授得非常有意思,极大地提升了学生们的求学兴趣;卢达溶老师讲授"工业生产导论",他带领学生前往清华周边的铅笔厂参观,实地教学,帮助大家深化汽车行业中的"整合"概念,从系统性产业设计的角度讲到芯片的行业合作,令人醍醐灌顶;朱宝宪老师早期所著的有关中国金融市场的书,为自己开启了金融学的大门。宋逢明老师是何治国的导师,他能够从前沿视角洞悉金融学科研究的定位,"1997年诺贝尔经济学奖有一位是金融学家,宋老师曾和我们讲了整个事情的来龙去脉。"直到何治国前往美国深造,他才深刻理解了宋老师讲述的他们所做出的贡献。清华园赋予何治国的,不仅仅有知识基础的夯实、恩师授业的传承、同窗共学的情谊,还有人生品质的塑造。在这里,何治国羽翼渐丰,飞向更为广阔的天地。

在国际知名高校开拓学术视野

2001年,何治国前往美国求学。在追踪国际学术前沿的同时,他也敏锐地发现了自己的学术禀赋:"我觉得我和别人最明显的不同就在于,我对于一些抽象的经济概念有很大的热情。"何治国谈道。

翻开何治国的简历，看到的是数十篇收录在核心期刊的学术论文和各类学术奖项，以及担任多个国际核心期刊的审稿人和主编。

何治国将他的学术成就归功于研究兴趣与自身优势的结合。他的研究方向主要集中在金融危机和微观经济结构对彼此的影响。他说，在国外，很多华人教授的研究都偏向于资产定价，而自己则对经济学本身和博弈论更感兴趣。"我对理论（theory）和宏观金融（macro finance）比较熟悉，同时又对公司金融(corporate finance)非常有热情，这两个方面的结合就是我的研究方向。"

之后，美国于2008年爆发的金融危机让学者们意识到，危机不一定只受外生因素影响，于是纷纷将目光转到机构行为、行业规则以及政府政策对于危机的影响上。"我在这方面本身就有一定的积累，做起研究来就更加如鱼得水了。"何治国谈道。

博士毕业后，何治国在美国芝加哥大学任教。国外对于中国市场了解不够，他每次回国见老同学的时候，总是能很迅速地了解到目前中国市场的动态，这方面的积累也让他在做中国市场研究时更有优势。何治国目前在芝加哥大学开设了一门讲中国金融市场的MBA课程，很受外国学生欢迎。

何治国还记得，2008年赴芝加哥大学任教时，他的西北大学导师迈克尔·菲舍曼（Michael Fishman）的赠言："成功的学者，要学会如何像海绵一样，在许多迥然不同的学习关系里汲取精髓来提高自己。"何治国表示，这与清华教给他的精神不谋而合。作为同样享誉世界的芝加哥大学，校训是"益智厚生"，其含义就是：积累，让生命更加厚重。这与清华的"厚德载物"有异曲同工之妙。异国他乡的感悟，使何治国再一次感谢清华，感谢经管学院的栽培和精神塑造。

在禀赋与热爱中笃行致远

作为一位学术界过来人，何治国对清华经管学子是否攻读博士这个大家都很关心的话题，给出了自己的建议："读博士已经是一种职业选择，并且需要一定的禀赋。听说这个世界上只有不到10%的人适合做学术研究，因此在作出选择之前要慎重。对于经济管理而言，我个人最看重的是经济学的直觉和学习的习惯。"何治国鼓励年轻学子多关注市场信息，不断尝试用自己已有的知识框架去解释这些实际的问题。

在何治国看来，学术道路顺利与否更多取决于个人的能力与努力程度。他积极探索自己的研究兴趣，在清华园中积蓄知识能量，在国际学术圈中开阔视野，在专业领域持之以恒地钻研深耕，不断为金融市场和宏观经济领域的学术发展、为从学术上讲好中国故事贡献着自己的才华和力量。

文 / 袁雨晴

校友介绍

何治国，浙江人。1999年本科毕业于清华大学经济管理学院，2001年获得金融学硕士学位；2008年获得西北大学（Northwestern University）凯洛格商学院金融学博士学位。现任斯坦福大学商学院 James Irwin Miller 金融学讲席教授、清华大学经济管理学院杰出访问讲席教授。

高尔基
我永远是清华经管的孩子

"经管学院是过去中国40年经济发展的缩影,同时也是这个时代在过去40年澎湃发展的源动力的代表之一,作为学院的'孩子',生长于其中的我们感到无上光荣。"

每次踏入清华经管学院伟伦楼的大厅，高尔基都会重温朱镕基老院长在墙上的那段题词："建设有中国特色的社会主义，需要一大批掌握市场经济的一般规律，熟悉其运行规则，而又了解中国企业实情的经济管理人才。"自 2001 年考入清华经管学院，再到后来就职于汇丰银行、中信证券、财新智库等行业龙头，他在业界打拼多年，但仍时刻鞭策自己，坚守经管人的价值与追求，不忘师长的教诲、同窗的情谊。

求学生涯　情谊难忘

转眼间，入学已过 20 载，当初的年轻学子早已各奔东西，但回想起当年师长的教诲与关怀，想到同学间的深厚情谊，高尔基仍然感慨万千。

高尔基

高尔基记得，大一上学期他微积分成绩不够理想，感到十分苦恼。下学期开学第一天，班主任朱世武老师突然出现在他们宿舍，转了一圈后，什么也没多说，只是要了高尔基的数学笔记，过了好几天才还给他。

"当时年纪小，不明白老师是什么意思。直到自己做了父母之后，有一次无意之中读到了鲁迅所作的《藤野先生》，才明白当时老师是想帮自己看看学习出了什么问题，担心学生跟不上学习的节奏。"高尔基感慨道，老师们对学生的关爱润物细无声，学生可能一时觉察不到，但终有一天会明白，并使这份关爱破土生根，成为人生之路上的坚实依靠。

在适应了大学生活之后，2005年，高尔基和其他三名同学代表学院参加了京港两地大学生商业案例大赛，他们的队伍由金融系的陈秉正老师指导。回忆起这段经历，高尔基说，这次挑战不简单，案例大赛行业定在保险行业，需要进行大量的资料调查，同时需要全英文表达。

尽管事务繁忙，但陈老师仍陪伴着四人团队全程参加了案例大赛。大到选题框架，小到词汇语法，陈老师对每个人给予无微不至的指导。最后，他们也取得了不错的成绩，陈老师很高兴，在香港的翠华餐厅为他们庆祝。高尔基说："这种温暖铭记至今。老师做学问的精益求精、做事的认真踏实、对学生的无私关怀，对我的影响很大。"

除了老师的关心，同学间的互助与情谊也让高尔基印象深刻。作为当时经管学院各项学生工作的重要参与者，高尔基与同学们推动组建了清华经管沟通中心与记者团等，考虑到当时网络媒体的兴起，他们还希望能够通过线上网络论坛、聊天室等方式，增强同学们之间的讨论和交流。

在这些想法的执行过程中，高尔基获得了沟通中心主任、师哥董松挺的大力支持。董松挺师哥不仅在可能出现的问题上提前帮他规划，而且当高尔基因为社工繁忙，学业受到一定影响时，还主动为他分担工作量。"我后来意识到，这应该就是一种独特的领导力。他不会让你时时刻刻意识到他的存在，但如果他不在，你一定会知道。"高尔基说。

随着年龄的增长，这些无言的关心，抑或是温暖的关怀，随着岁月汇成一股暖流，成为高尔基记忆里弥足珍贵的部分。

脚踏实地　心系社会

2005年夏天，在经济系刘玲玲老师的带队下，高尔基和学弟学妹们一起前往甘肃临夏回族自治州的永靖县参加社会调查，并在结束后撰写了相关报告。回忆起这次实践的经历，高尔基用"珍贵"二字来形容，它让彼时尚且缺乏实践经验的大学生有机会亲身体验基层实际发生的情况，了解群众的思与求。

"那次实践让我对中国经济发展的问题有了更加直观的理解。"高尔基说，"它让我们追问自身，未来应该去解决哪些国民经济的现实问题，而作为清华经管的学生又在其中扮演什么样的角色、能做哪些事情。"

这种对于中国社会现实的关切和责任感，在高尔基看来，正体现了清华经管人一以贯之的文化，他将其称为"企业家精神"。正如朱镕基老院长所说，"你们每个人都搞好一个企业，中国经济就有希望了"。

高尔基认为，所谓"企业家精神"的追求，或许可以描述为：一方面，大家希望能脚踏实地做一件对社会有价值的事情，另一方面，这种希望也要能够在商业上站得住脚，形成可持续可复制的模式，让有益的努力能够延续壮大。这种"企业家精神"的追求是经管人代代相传的，从老院长的教诲，再到经管学子在社会各个领域为国计民生贡献自己一分力量的担当，这种精神生生不息，影响了一代又一代经管人。

在高尔基和学弟学妹交流的过程中，他发现大家对企业社会责任等领域的浓厚兴趣，感受到尽管20多年过去，现在的师弟师妹仍保留了经管人的那一份初心，即关注社会公益，脚踏实地，不断追逐理想中的目标。

我永远是清华经管的孩子

在2011年清华大学百年校庆之时，也是在经管学院入学十周年之际，高尔基曾写下了这段诗句：

"而我……在一个不知名的角落，为你永恒的青春致礼。我知道，纵然我白发苍苍，我永远是你的孩子，我愿意。"

在高尔基看来，伴随着对一代代学子的培养，经管学院反而是越来越年轻，越来越焕发着青春的活力。而"传承"就是经管学院始终保持活力最重要的关键词之一。这个词既包括学院和老师言传身教、春风化雨般的指导关心，又包含了学长学姐对后辈们的无私帮助，既有一代代经管人精神的传承，也有在前行道路上一步一个脚印的继承与开拓。

正是受到这种精神的感染，高尔基还担任了首届经管学院本科生校友导师,与许多学生建立了友谊。和同学们的交流,在他看来是教学相长、互相探讨的过程。

对于同学们,高尔基说,有三点建议可供参考:第一,有恒心、要刻苦;第二,不要事先预设立场,要多多了解新鲜事物;第三,锻炼身体,要为祖国健康工作五十年。

2024年是经管学院成立40周年,高尔基表示:"经管学院是过去中国40年经济发展的缩影,同时也是这个时代在过去40年蓬勃发展的原动力的代表之一,作为学院的'孩子',生长于其中感到无上光荣。"

文/王旭琛

校友介绍

高尔基,清华经管学院2001级本科生和2005级硕士研究生,2005—2006年担任清华经管学院本科生辅导员。现任财新传媒副总裁、财新智库执行总裁、财新数据执行董事,曾任职于汇丰银行、中信证券,在跨境并购、资本运作、社会保险和公共管理领域有所著述,出版过多部长篇小说、诗集等。

高 建
将对学院的热爱落实在日常工作的每一天

继续保持积极向上的奋斗状态，在科学研究、人才培养，以及全球化的影响力方面，发挥更大的作用。

始于经管,成于经管。从1992年踏入清华园的求知之旅,到成为创新、创业和战略研究领域的领军人物,高建始终坚守着对知识的追求和对育人的承诺。学术之路起步于斯,成长轨迹同频共振,他将自己对学院的无限热爱落实在日常工作的每一天,书写了一段跨越30余载的难忘回忆。

向师善学　活水长流

高建读书期间,正赶上学院十周年院庆,留校工作后,又见证了学院走过的二三十年,现如今,学院四十周年院庆即将到来。"还是感觉挺幸运的。"与学院结缘数十载,诸多难忘画面此刻似乎在高建脑海中徐徐展开。

1992年,高建师从傅家骥教授和姜彦福教授,攻读博士学位;1996年留校任教,教书育人;深耕创新、创业和战略研究领域。30多年来,从孜孜不倦的学子到诲人不倦的教师,高建始终满怀赤子心,在不断的体悟与理解中,探索着教学与科研的创新之路。

在攻读博士学位期间,关于怎样做好高质量的研究、怎样选择合适的研究课题,老师给予了高建许多启迪,相关指导他至今仍印象深刻。留校任教后,前辈的谆谆教诲,让他在职业生涯中更加笃定前行。在高建看来,学院有个非常好的传统——老教师上课时,大家会去观摩学习。老师们在教学和科研方面的言传身教,让他在教学中想得更多:如何更好地准备一门课程?如何更好地考虑学生的学习需要?

在从事学院管理工作期间,高建更加体会到如何有效地承担和履行职责使命。"时任院长钱颖一有着非常强的前瞻性、预见性,在事情的设计上,往往还有很强的创造性。"后来任职学院党委书记,前辈老师们的经验和做法,给予高建许多有益借鉴。

高　建

深研教育　改革创新

因为曾负责学院的部分管理工作,高建对于一些教学项目的改革和创新记忆犹新。2008 年,学院推动 MBA 改革,高建参与了当时培养方案的设计;2013 年建立的清华 x-lab,高建也是参与者之一。

在高建看来,清华经管学院的使命不仅仅是培养优秀的经济管理人才,更要为社会和国家的发展做出贡献。因此,他始终关注着经济社会发展的动态和趋势,努力将学院的学术研究和人才培养与国家的发展需求紧密结合在一起。

在 MBA 培养方案的改革中,高建积极组织落实清华新版 MBA 中软技能、整合实践模块的新设计和新课程,使最终方案得以有效落实。"这些教育教学改革，对学院教学项目与创新型发展起到了积极推动作用，同时也提高了人才培养的质量，符合工商管理人才培养的发展趋势。"

30多年来，高建时刻牢记自己作为一名教育者、管理者、创新者的使命，不忘初心，在学院的建设道路上默默耕耘，扎实奉献。

与时俱进　面向未来

"创造知识、培育领袖，贡献中国、影响世界"作为学院的使命，体现了经管学院矢志不渝的目标。高建认为，作为大学的学院，本身就承担着不断去探索真理、开拓新的研究领域的使命，同时还需要将研究成果有效地服务社会、服务国家。

对于高建而言，追求一流是教师的责任。教师应当培养德才兼备的学生，引导他们成为未来各行各业的领导者。在学校学习期间，至少能够为这些未来的领导者们打下比较扎实的基础。

高建谈到，教师从事科学研究、进行人才培养，旨在贡献中国、影响世界。一方面，应当服务于中国的经济建设、社会发展——无论是为中国的改革开放，还是为一直强调的高质量发展、推动中国式的现代化进程，都要发挥应有的积极作用。另一方面，在全球化过程中，也希望研究成果和学院培养的人才能够服务于全球的发展和进步，为解决一些全球性的问题起到积极作用。

学院在过去40年的发展中，不断前进，也取得了优秀的成绩。"从中国经济和社会发展的需要来看，我觉得我们有能力，也有条件做得更好。"面对未来，高建也表达了自己的期待：继续保持积极向上的奋斗状态,在科学研究、人才培养方面,以及全球化的影响力方面,发挥更大的作用。此外,管理教育、经济教育也需要与时俱进,既要解决当前的问题,也要对未来的发展产生积极的作用。学院要保持创新发展,不管是在研究课题上,还是在教学项目上,都要与时俱进,能够和时代的发展相适应,培养出未来时代所需要的人才。

高建参加清华 x-lab 活动

学院迎来 40 岁生日,高建也送上了自己的祝福:"希望学院能够迈向新台阶、奔赴新高度、创造新未来。"

文 / 郑黎光

黄瑜清
传承践行"追求卓越"的奋斗精神

创立镁伽之后,黄瑜清心里就有一颗"做世界的镁伽"的种子,这也是传承、践行"追求卓越"的奋斗精神。

在最初踏上创业之路时，黄瑜清就在思考，如何从一个管理项目、管理团队的职业经理人提升转型，真正作为创业者去创建管理一家公司。清华经管学院以雄厚的师资、丰富的课程资源，以及广阔的校友网络，为他点亮了一盏引路的明灯。

黄瑜清

在黄瑜清的带领下，镁伽科技围绕先进生产力工具赋能产业数字化转型这一愿景，在生命科学领域不断开发出创新且高质量的智能自动化产品和解决方案，已实现从研发端、生产端到下游检测检验实验室的全链条覆盖；同时通过提供高附加值的研发服务，加速新药研发、细胞基因治疗、类器官以及合成生物学等领域的智能自动化变革，改善人类生命健康。镁伽的智能自动化解决方案和服务还将进一步拓展到集成电路、新型显示、绿色能源等行业，为全面构建新质生产力贡献力量，助力中国科技走向世界。

2017年，黄瑜清如愿考入清华MBA，开始系统学习商业知识的底层逻辑和商业管理的理论实践。这种深度的学习使他在日后的创业过程中，能够自如合理地运用企业管理的方法，提升解决现实问题的能力，扩大处理复杂局面的视野。这种能力与视野又相互依存、相互为用。

在他看来，创业中有时会陷入具体产品的推出、单一技术的开发、细分市场的拓展，但作为整体商业世界或经济社会中的一分子，如何站在全局视角通盘考虑，最终找到适合创业企业成长发展的大道通途，是至关重要的一种能力。

回想起来，朱武祥老师的"商业模式"课程让黄瑜清受益颇深，帮助他从创业者的角度理解了商业模式的定义和重要性，也让他对于"当今企业竞争，不只是产品和技术竞争，更是商业模式竞争"这句话有了更加深刻的领悟。正是基于这样的认识，黄瑜清在后来的创业中不断探索和创新，为镁伽科技找到了独特的发展路径。

创业是艰辛的过程。镁伽科技经历了几次企业转型，从一开始定位为机器人本体供应商，到后来成为行业综合解决方案提供商；从一开始专注于生命科学，到后来把业务边界拓展到集成电路和绿色能源。今天镁伽的定位是先进生产力工具提供商，希望基于人工智能和机器人自动化等新一代的科技手段，帮助不同行业提高研发、生产和运营效率，赋能数字化革新。

黄瑜清表示，朱武祥老师的课程为自己提供了进行商业思考的底层逻辑框架，也使他在日后的商业实践中树立起更强的自信心。

另一门让黄瑜清印象深刻的课程是朱恒源老师的"企业战略创新"。朱老师分享了自己多年商业观察的心得体会，教会大家如何在动态复杂的商业世界中把握战略的节奏。课程中提到"处一隅谋全局"，给黄瑜清带来了深刻启发。他意识到，无论是在产品研发、市场拓展，还是在团队管理方面，都需要从整个产业链和生态系统的角度进行思考和布局。企业哪怕只是处在产业的某一个价值链环节，也要始终从整个产业链着眼。这种全局性思考的方法论为镁伽科技的发展提供了有力支撑，对于他思考如何从单一产品的研发到构建一个产品矩阵，如何从产业链中的一角切入向上下游延展和布局，起到了关键作用。

黄瑜清认为，清华MBA最重要的一个特色是重视理论与实践相结合。在校学习期间，黄瑜清带领团队分别参加了2017清华大学MBA创业大赛、2018清华大学校长杯创新挑战赛、2019中国MBA创业大赛，赛事规模从经管学院到清华大学，又扩大到全国。这三次比赛，黄瑜清个人和团队都获得了第一名的佳绩。通过比赛，他学会了如何更好地与团队成员沟通协作，如何制订有效的商业计划，如何应对突发状况。这些宝贵的经验为他后续的创业之路奠定了坚实的基础。

谈到这里，黄瑜清自豪之情溢于言表："这三段比赛经历，其实给了我们整个创业团队极大的信心和正向的激励。也为我们后期持续创业融资和商业化进程，带来了丰富的经验与资源。"

学习之余，黄瑜清也结识了许多优秀的同窗。在校期间，他们共同度过了许多愉快而难忘的时光，这些经历不仅增进了彼此间的友谊和信任，更让他们在未来的创业道路上相互扶持、共同进步，其中有几位还发展成为如今的工作伙伴。

对于这份同窗情谊，他以"纯粹"来形容。第一学期的最后一天，同班同学相聚跨年的场景依旧历历在目。时隔多年重返校园时，大家会不约而同地放下工作中的面具，收获一份真诚的情谊。

黄瑜清还非常注重企业文化建设。他深知，一个优秀的企业不仅需要出色的产品和服务，更需要有一个团结、拼搏、创新的团队。得益于在学院与同窗的相处，黄瑜清在公司内部设立了"山海训练营"，加入训练营的学员们都以"同窗"相称,通过培训和交流活动，不仅提升了员工的技能和素质，还建立了工作之外的情感关联，增强了团队的凝聚力和向心力。

清华经管学院以"创造知识、培育领袖、贡献中国、影响世界"为使命，以"成为世界一流的经济管理学院"为愿望。创立镁伽科技之后，黄瑜清心里就有一颗"做世界的镁伽"的种子，这也是传承、践行"追求卓越"的奋斗精神。

在清华经管学院40周年院庆之际，黄瑜清衷心祝愿学院能够在百年未有之大变局下，成为培养更多中国商业精英和社会栋梁的摇篮。

校友介绍

黄瑜清，清华经管学院 2017 级 MBA 校友。本科就读于西安交通大学，深耕生命科学、工业自动化研发、电子测量领域，对全球化、跨行业的管理和创业有深刻见解。他于 2016 年创办镁伽科技，担任创始人兼首席执行官，致力于把镁伽打造为专注提供先进生产力工具的科技公司，赋能生命科学、新药研发、临床诊断、应用化学及先进制造等领域的数字化革新，让世界更健康、更美好。在黄瑜清的带领下，镁伽科技已快速发展为中国领先的新兴科创型企业和独角兽企业。2022 年 6 月，黄瑜清入选《财富》"中国 40 位 40 岁以下商界精英"榜单。

李鲲鹏

为学、立志与做人，经管四载的三重奏

无论是从事治学，还是开展管理工作，李鲲鹏始终将"行胜于言"记在心上，以不畏难、不怕苦的态度，迎接着一个又一个的挑战。

从 2007 年进入清华攻读博士学位,到今天的首都经济贸易大学副校长,李鲲鹏已在学术道路上求索了 10 余载。在清华经管学院四年的求学经历,奠定了他在学术方面的基础,令他坚定地选择了深耕计量经济学的大数据方向。走出清华,他亦始终铭记"行胜于言"的校风,以谦逊而沉稳的姿态在知识的浩瀚海洋中探索。

为学:那是非常难忘也充满激情的四年

去隔壁北京大学吃鸡翅,与老师打乒乓球,和同学切磋学术观点、交流学术心得……这些学生时代的美好往事,如今经常成为李鲲鹏怀念的点滴。

李鲲鹏

毕业多年,李鲲鹏一直念念不忘的就是清华的学风。

记得在博士二年级时，李鲲鹏就下定决心从事学术事业。经济学的研究浩如烟海，宏观经济学、微观经济学与计量经济学之间又有着千丝万缕的联系，每位同学通常对自己专业研究领域的文献拥有较深的掌握力，却难以凭借一人之力完成对学术领域的广泛涉猎。

李鲲鹏常常与志同道合的同学相约舜德楼二层图书馆，每位同学轮流介绍所在研究领域的脉络、前沿，并分享近期钻研的文章。这篇文章为什么能发顶级期刊？那篇文章一般在何处？一个个问题被源源不断地提出，大家的学术视野也在你一言我一语的讨论中被不知不觉地拓宽。

直到如今，李鲲鹏还与当年讨论学术问题的同学们保持着良好的联系。"那一届的学生经常在一起学术研讨，在不自觉中产生的学术共情，应该说，对我们影响是非常大的。"

立志：做学术就像挖萝卜

刚进入清华时，李鲲鹏并未确定他的研究方向，但他清晰地认识到，要想把研究做好，离不开名师的指导，而经管学院在这方面有着很大的优势。在征求导师李子奈的意见后，李鲲鹏瞄准了大数据领域的研究。

2002年，适逢学院实施特聘教授项目。当时哥伦比亚大学的白聚山老师成为经管学院特聘教授，每隔一年，白聚山老师都会来清华授课。2009年11月，李鲲鹏动身前往哥伦比亚大学交流，在哥大的13个月里，李鲲鹏在白聚山和李子奈两位老师共同指导下，写出了四篇论文。"这四篇论文为我后来的学术道路打下了非常好的基础。"李鲲鹏回忆道。

从 2011 年参加工作，到 2013 年获评副教授，再到 2017 年获评教授，在外人看来，李鲲鹏的学术道路幸运而顺利。但看似一帆风顺的背后，却是李鲲鹏如"挖萝卜"般在学术道路上探索的坚持。

还记得刚到美国时，白聚山给李鲲鹏布置了一个课题，在钻研了几个月后，李鲲鹏依旧没有头绪。尝试、失败、再次尝试、再次失败……一个个建模思路被实际结果残忍推翻，科研工作的缓慢进展让他感到气馁甚至绝望。

困顿之中，李鲲鹏想起一位经管老师的比喻："做学术就像在自家后面的菜园子挖萝卜，有时候，一锄头下去，萝卜就找到了，但是有的时候，一锄头下去，一个萝卜也没挖到，这时候就考验一个人的心性。如果能够沉下心来，一如既往地坚持下去，越挖越深，那你有可能挖出来的不是萝卜，而是一块金子。"

抱着一定能克服眼前困难的信念，李鲲鹏沉下心来，重新阅读文献，寻找新的数学工具解决问题。九个月的时间匆匆流逝，在一次次推倒重来后，课题终于有了眉目。一鼓作气，李鲲鹏又用了两个月的时间完善内容，终于投出了交流期间的第一篇文章。第二篇、第三篇、第四篇文章也在接下来的几个月顺利产出，李鲲鹏真的挖到了"金子"。

"参加工作的时候，我作为年轻老师也面临过学术瓶颈期，但是因为有清华的经历，我就感觉不要轻易放弃，最后都'熬'过来了。"在首都经济贸易大学任教的 13 年中，李鲲鹏在国内外高水平期刊上发表论文 30 余篇，出版学术专著 1 部，主持国家自然科学基金项目 4 项、教育部人文社科基金项目 1 项。除此之外，他还承担着学校机关的行政工作。

无论是从事治学,还是开展管理工作,李鲲鹏始终将"行胜于言"记在心上,以不畏难、不怕苦的态度,迎接着一个又一个的挑战。

做人:印象最深的还是老师的言传身教

"来清华之后,感触最深刻的一点就是清华的学风,我们那个时候,老师非常优秀,上课非常认真,在课堂上也是非常享受的。"直至今日,李鲲鹏仍然能清晰地说出与经管学院多位老师相处的种种细节。其中他最为感念的,就是自己的导师——李子奈。

在担任李子奈老师"计量经济学"的课程助教时,李鲲鹏时常能感受到老师言传身教的魅力。彼时,"计量经济学"已获评国家精品课程,享誉国内各大高校。尽管如此,李子奈老师仍然坚持精益求精,每年更新课程内容,根据时代的变化迭代升级教材。这种自我突破、自我提升的精神深深感染着李鲲鹏。参加工作以后,他经常以李子奈老师为榜样,用高标准要求自己,"可能还达不到老师的程度,但在不断努力中"。

李鲲鹏回忆,李子奈老师一方面是自己的导师,常常在学术问题上点拨思路;另一方面在讨论问题时,他又保持着对学生学术观点的尊重,常以一种"切磋"的态度与学生交流。在生活方面,也给予了同学们很多关照。

回忆往昔岁月,李鲲鹏多次表达对经管老师们的感谢。在老师们的言传身教中,他也逐渐成长为那个为学生撑伞的人,在学生求学道路中的许多关键节点,从不缺席。

在40周年院庆之际,李鲲鹏为学院送上祝福:"祝清华经管学院事业蒸蒸日上,桃李芬芳,誉满天下,在建设中国式现代化的伟大事业中贡献力量。"

文 / 华静宜

校友介绍

李鲲鹏，现为首都经济贸易大学党委常委，副校长。主持国家自然科学基金4项，其中主持的青年和面上项目结项绩效评估为特优。获得北京市第十六届哲学社会科学优秀成果一等奖，教育部第九届高等学校科学研究优秀成果三等奖，2023年度北京市高校优秀共产党员，当代经济学基金会首届优秀博士论文奖。研究领域为大数据计量经济学，在国内外高水平期刊发表论文近40篇，出版专著一部。目前担任 Journal of the American Statistical Association 和 Journal of Business & Economic Statistics 期刊的副主编，也是中文期刊《经济管理学刊》《计量经济学报》和《经济与管理研究》的副主编，还是管理工程学会金融计量与风险管理分会副理事长、中国现场统计研究会经济与金融统计分会副理事长、中国数量经济学会常务理事。

李 宁

专心做"有趣"且"有用"的研究

> 你在知识创造上有前瞻性的思考，那这些东西就能够自然而然地体现在教书育人方面了。

在国外工作的 10 年时间里，李宁从学者的好奇心出发做了很多"有趣"的研究；回国加入清华经管学院后，"家国情怀"对他的研究思考产生了深刻影响：做"有趣"的研究很重要，而做"有用"的研究则加入了使命与担当的重量。将自己的研究成果和中国管理实践紧密结合，使自己的研究成果能够更好地服务于中国的经济建设，成为李宁更远大的人生追求。

李　宁

好平台让"突破"成为可能

2018 年学术休假期间，受学院邀请，李宁踏上了清华园的访问之旅，其间还开设了一门博士生课程。"我相信清华大学这四个字对于中国人来讲都是具有特殊含义的，清华大学是学者们心向往之的学府，我自己也不例外。我在出国留学和工作的这段时间一直在思考回国的问题，对我而言，回国工作是人生规划中的必答题，它只是一个时机问题。"2021 年，随着对清华大学和经管学院逐渐深入地了解，在国家人才计划的支持下，李宁选择就职于清华经管学院。

国际化水平高、与世界充分接轨、给予教师充分的自由度，是归国人才可以无缝衔接迅速投入工作状态的密码。"海外的学者回国之后，在学院这样的平台上，适应期可以非常短。"李宁感谢学院提供的广阔平台，师生有充裕的机会能够接触到企业，而接触到企业之后，很多研究思路或者是研究方向瞬时得以拓展。"我们现在的很多研究问题，都是在跟企业不断交流的过程中，找到了既有很强的实践价值，同时又有很高理论价值的研究。这是学术研究中突破性的体验。"

除此之外，情怀教育、平等氛围和高质量生源都是一个好平台的关键构成因素。"只要是对于国家、社会，包括对世界有价值、有贡献的事，学院都很鼓励。"李宁这样评价他对学院学术氛围的体验，他因此获得了更多研究和实践的机会。

AI 热潮下的清华担当

李宁的研究兴趣主要包括团队协作与效能、组织网络与创新、人力分析、领导力以及大数据在组织管理中的应用。作为学院领导力与组织管理系 Flextronics 讲席教授、系主任，李宁提到，在探索人工智能对组织管理产生的颠覆性影响时，清华团队总是率先关注，做到理论与实践的结合。"我认为好的研究有两个标准：第一个是有趣，好的研究会满足人们的好奇心，特别是满足学者的好奇心；第二个是有用，特别是管理学研究，它一定要和企业实践结合。"

谈到育人，李宁认为，科研中师生间的互动尤为关键，优秀的学生可以反哺老师的自驱力。而一些最开始对研究不感兴趣的学生也会在平台和导师的吸引下，激发科研的动力，从而推动项目进一步发展。"你在知识创造上有前瞻性的思考，那这些东西就能够自然而然地体现在教书育人方面了。"

认知提升趋近于"∞"

从美国爱荷华大学商学院到清华大学经济管理学院,李宁表示,过去的十几年,是自己学术生涯快速提升和自我成长的重要阶段。

对学者而言,面对学术界快速发展和不断提升的标准,不可避免地要加入"卷"的过程。李宁认为,"这是好事",这不仅对自我发展提出更高要求,也是对学术的敬畏之心。

思考是行动的先导。"要不断地思考,不是单纯做眼前的事情。可能要跳出来,再思考一下学科发展的趋势。"李宁分享着他的经验。在管理学领域,非常注重行为数据的调查和研究,沉没时间可能长达三四年。数字化技术的发展无疑扩大了数据收集的范围,缩短了调查变现的时间,对行动的前沿性思考也提出了更高要求。

李宁在课堂上

除了研究，李宁也很重视教学模式的创新。"上完一堂课后，结合自身研究和社会互动，可以反过来再思考整个的课程设计或者教育理念，可以不断地更新。"

李宁鼓励学生要重视自我提升和学习的过程，同时与时代的需求相结合，"现在国内很多企业面临数字化转型这个问题，在这种数字经济的背景下，我下一阶段的研究重点会侧重于研究企业在数字化转型过程中，如何提升企业的管理效能、企业的创新能力。我希望能借助学院这样一个非常好的平台，在百年未有之大变局的背景下，持续地做出一流的研究，让清华的组织管理研究达到世界甚至是超过世界的前沿水平"。

李宁对学院未来的发展充满期待。"希望学院在重点领域和科学前沿能有新的突破，做出更多世界公认的一流的成果，在知识创造上引领，在培育领袖方面进一步加强。期待经管智慧能够更好地服务国家、服务人类社会。"

文 / 郑黎光

李 山
人生因清华经管而更精彩

对他来说,在清华受到的教育坚定了他金融报国之志,而回国发展则是他人生中非常重要的一个转折点。

1981 年，李山 18 岁。他走出四川省威远县，踏入清华园，进入经济管理数学及计算机应用技术专业学习。3 年后，清华经管学院成立。今朝，学院成立 40 周年。"因为经管学院，我的人生就此而改变，也因此而精彩。"李山与清华经管学院一路走来，诉说着道不尽的缘分。

曾少年，探寻清华记忆

经管学院成立的那一年，李山计划骑车遍历祖国南北。当时的自行车是"时髦品"，李山就和 3 个同学一起写信给自行车厂商，讲述了打算骑车下江南的想法，表示会有许多媒体关注，厂商如果提供自行车，相当于给他们免费打广告。这封信果然得到了鞍山自行车厂的回应。凭借这一波"拉赞助"，李山和 3 位同学一起顺利地骑车从北京一路南下，风雨兼程，院旗在车队前方迎风飘扬。骑到上海之后，他们再乘船前往大连，最后再骑车从大连返回北京。这场历时 40 余天的冒险，让很多年后的李山每每想起都备感自豪，既锻炼了胆量、创新了思维，又开拓了视野，留下一段独属于自己的清华记忆。

在清华学习期间，李山一边广泛汲取知识养分，一边通过学生工作不断锻炼自己的领导力。他表示，自己受益于学院设置的专业课和基础通识课，和自动化系、工程物理系等专业同学一同上课的经历为他打下了坚实的数理基础，对之后的发展影响巨大。作为学院第一任团委书记，李山也在学生工作中得到了锻炼，为后来在各金融机构的出色表现奠定了基础。生活上，李山认为"学院的老师们对我的影响很大"，他们无微不至的关怀和照顾，他至今铭记于心。

李 山

从经管出发,走向广阔世界

从学院毕业后,李山出国深造,分别在加利福尼亚大学戴维斯分校和麻省理工学院获得经济学硕士和经济学博士学位。在清华读书期间打下的深厚基础使他受益良多。读博士期间,李山在数学课程中游刃有余,还在麻省理工学院给博士生当起了经济数学课程的助教,帮助老师给美国学生上课,其中很多学生本科就是名校经济和数学双学位毕业的。

"虽然我后来没有当工程师,可能用不上这些具体的知识,但在清华学习期间受到的非常严谨的训练,潜移默化地影响我做人、做事的各个方面。"李山说。

饮流怀源，践行金融报国志

从麻省理工学院毕业后，李山留在华尔街工作。尽管海外金融行业的待遇非常优厚，但在他内心深处，学成之后报效祖国，能有机会为国家做一些有意义的事，始终是他的初心和愿望。

彼时，李山曾与当时高盛的总裁、后来任美国财政部长的保尔森一同拜访老院长朱镕基。不久后，他毅然从伦敦高盛的欧洲总部辞职，回到国内参与筹备国家开发银行投资银行。对他来说，在清华受到的教育坚定了他金融报国之志，而回国发展则是他人生中非常重要的一个转折点。"这件事给了我一个报国的机会，也给了我一个展示专业才干的平台。"

在中国投资银行的国际化方面，李山投入了大量的精力。事实上，他早就有建设中国自己的世界一流投资银行的想法和计划。李山曾到处去游说金融机构的领导，但当时中国的金融事业发展并不超前，尤其在投资银行、资本市场方面，大家觉得这是不太可能实现的事情，因此当时的他并没有得到机会。"但后来实践证明了这一想法的先进性。现在，中国投资银行即使在中国香港也是半壁江山，在内地更拥有强劲的竞争实力。"看到曾经停留在脑海中的梦想变成了眼前的现实，李山内心无比激动。

谈及回国后的工作挑战，李山认为，没有想象中那么大。在清华学习打下的良好基础以及任职学院团委书记的经历加深了对国家方针政策的理解，这些使他回国工作后没有太多"水土不服"。他思考更多的是，如何把西方尤其是华尔街最先进的金融技术，包括一些管理模式、激励机制等，应用到中国银行的投资银行中去。如何在中国的金融环境中，吸取和改良西方金融技术，结合中国的特点、央企的特点，通过中西合璧的方式适应中国的金融环境，有效促进国家金融事业的发展……而这些思考，正是实现他从来时路走向世界，又走回到初心的行动指南。

在李山看来，学院在过去40年的发展中，取得了优异的成绩。"经管学院的教育让我终身受益，也让我终身难忘。我们在向世界一流经管学院迈进的路上已经走了很远，在某些领域已经处在世界领先的地位，但最关键的内核还是精神的传承。"

李山祝愿学院越办越好，希望学院桃李满天下！

文 / 刘嘉迎

校友介绍

现任全国政协委员，香港紫荆党主席，联合国投资委员会委员，三兔科技公司董事长，丝路金融公司总裁，北京国际财富管理研究院院长，麻省理工学院经济系和斯隆管理学院顾问，哈佛大学肯尼迪政府学院理事。曾任瑞士信贷集团全球董事，苏黎世保险高级顾问，国家开发银行首席国际业务顾问，瑞银投资银行亚洲副主席，中银国际控股有限公司总裁，雷曼兄弟公司中国总裁，国家开发银行投资银行筹备领导小组副组长，高盛公司投资银行执行董事、中国经济学家，中国留学人才发展基金会副理事长，国务院国家信息化专家咨询委员会委员，香港特区政府顾问，丝路规划研究中心副理事长，清华大学国家治理研究院执行院长。他也是纽约上市公司搜房网的共同创始人。

李子奈

跨界教书匠,解密计量经济学魅力

在李子奈看来,"教师要把教学放在第一位"。"教书育人,首先要教好书。"

李子奈
跨界教书匠，解密计量经济学魅力

到需要的地方去，是根植于清华人灵魂深处的呼唤。1986 年 5 月 16 日，自德国访问归来不久的李子奈从清华大学核能技术研究院调入经管学院。在之后的经管岁月里，他响应国家重大需求，立足学科前沿，潜心教书育人，为计量经济学学科建设做出重要贡献，也推动和见证着学院各项事业的发展。

李子奈

1970 年，就读于清华工程物理系的李子奈留校进入清华大学 200 号（现更名为"核能与新能源技术研究院"）工作。1981 年，李子奈获清华核能技术研究院反应堆工程专业硕士学位，也是在这一年，国家计委成立经济预测中心，由于缺少人手，他便与其他几位同事前去协助工作。由此踏入计量经济学领域。1985 年，李子奈前往德国柏林工业大学能源经济研究所做访问学者。当访问结束即将回国时，收到组织上调任经管学院的通知。自此，他开启了在

经管学院的教学和科研生涯。

"一定要把计量经济学这门课建设好"

进入学院任教后,李子奈发现,在学科体系、课程体系、人才队伍等方面,当时的学院还有很多提升的空间。怀着在物理学训练中获得的"科学的态度、系统的观点、实验的方法",李子奈将自身的教学和研究聚焦于数量经济学尤其是计量经济学。

李子奈回忆,20世纪30年代以来,计量经济学的理论方法迅速发展,应用领域不断拓宽,但在我国却长期处于被排斥的状态,直至80年代末,也很少有高校将其纳入经济学课程体系。"清华经管学院是国内较早一批开设计量经济学课程的学院。"李子奈说,"当时我想,首先就是一定要把这门课开好,在全国推广计量经济学,这不仅对学院教学工作有所贡献,对整个国家的经济学科发展也有重要意义。"

1992年,李子奈结合中国应用实际编写出版教材《计量经济学——方法与应用》,被多个高校采用,获得当时的国家教委优秀教材一等奖。1995年,与北京大学秦宛顺老师共同研究编写的计量经济学课程教学大纲,经国家教委高教司审批,面向全国印发,逐步解决了此前"教材主要依赖从国外引进",以及"缺少全国统一教学大纲"等问题。1996年至1997年,在承担国家教委重点研究项目"经济管理类专业数量分析系列课程设置和教学内容研究"的过程中,李子奈正式提出,将计量经济学列入经济学门类各专业核心课程的建议,并获得了采纳。2000年7月,受教育部高等教育司和高等学校经济学学科教学指导委员会委托,独立编著的《计量经济学(第一版)》由高等教育出版社出版。该教材是"面向21

世纪课程教材"和"高等学校经济学类核心课程教材"中唯一的计量经济学课程教材。同时编写的《计量经济学教学基本要求》，也由高等教育出版社汇集出版。

与此同时，李子奈还开展了计量经济学模型方法论基础研究。为了搞明白模型被滥用和错用的情况，除了查找期刊论文，李子奈还经常去图书馆翻阅学生的学位论文。"同学们在应用研究中出现错误，说明我们的课程教学存在问题。"他不断进行反思和总结，出版了专著《计量经济学模型方法论》，并尽可能将研究成果引入新编教材和课程教学。

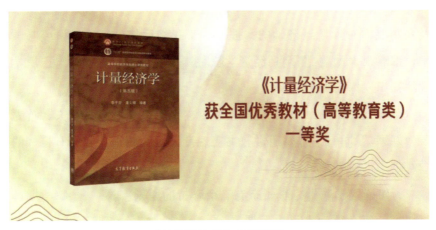

《计量经济学》教材获奖

在李子奈和各位课程组教师的辛勤付出下，计量经济学课程建设取得了优秀的成绩。2002 年，被列为清华首批重点建设精品课程。2003 年，获评北京市精品课程（首批），是学院获得的第一门北京市精品课程。2004 年，获评国家级精品课程（第二批），是学院获得的第一门国家级精品课程，也是全国第一门计量经济学国家精品课程。2021 年 10 月，《计量经济学（第五版）》在全国首届优秀教

材评选中获全国优秀教材（高等教育类）一等奖。"我们的计量经济学课程，现在看来还是很有影响力的。"李子奈欣慰地笑了。

"教师要把教学放在第一位"

"我是从苏北农村考上清华的。村里的孩子，最崇拜的人就是'先生'了。我小时候就想，以后如果能成为一位先生，那可是不得了的事。"时至今日，李子奈仍无比感念年少时遇到的几位老师。"我也是想要当教师的。"

"我认为，在此前工科学习和工作中所打下的深厚数理基础，以及在实践中对计量经济学的掌握，对于我之后从事经济学研究与教学，都有很大助益。"刚到经管学院时，他就希望，能够将自己所学到的知识发挥出更大的作用。

在李子奈看来，"教师要把教学放在第一位"。"教书育人，首先要教好书。"同时，想要通过教书实现育人目的，则需要拥有良好的"教风"。

为保证教学质量，李子奈有三个坚持的原则。第一，"每学期都开课，每年必须为本科生上课"。为了实现"每个学期都开课"，他推辞了学院建议的到麻省理工学院（MIT）访学的安排，放弃了六年一次的学术假。第二，"不调课"。一旦课表确定后，他绝不会因个人事务调整授课时间，即便遇到出差任务，宁可晚去早回，也要准时出现在课堂上。第三，课程期末考试的试卷，每一份他都要亲自认真批阅。他要通过批改试卷，了解学生的学习情况，同时掌握自己的教学效果。基于教学实践，他认真开展教育研究，提出讲好一门课需要"师德、水平、方法"三要素等教育理念。他主张相互尊重，将导师定位为"帮助者",鼓励研究生独立从事课程学习与学术研究,尊重学生研究兴趣和实质贡献,注重调动学生的主观能动性。

李子奈在课堂上

以严谨的态度治学,更以严谨的品格育人。"正直诚实、敬业尽责、尊重宽容"是经管学院的核心价值,也是李子奈留给共事者和学生的印象。在清华大学出版社2009年出版的《清华名师谈治学育人》一书中,收录了李子奈的一篇演讲稿,题目是"如何才能讲好一门课"。他说:"能够以这么一篇文章,和清华的先贤大师们同列于一本书中,我感到无比自豪。"

在40周年院庆之际,李子奈为学院送上祝福:"希望学院能够培养更多的德智体美劳全面发展的中国特色社会主义建设者和接班人!"

昝 杰
清华经管的教育是我宝贵的财富

"其实无论在什么行业、从事何种工作,只要能把个人事业同国家发展联系在一起,就是主流和大舞台。"

与清华经管结缘

"如果说'理工男'是我难以褪去的底色,那么在清华经管的学习,就是我人生画板走向丰富的开始。"

回想起自己与清华经管结缘的经历,峇杰感慨良多。"在我读大学之前,我对经济金融几乎是一无所知,甚至都不了解什么叫'股票''基金'。"他高中非常喜欢学习物理,进入清华时也选择了工科专业。然而,一件偶然的小事,让他对经济学产生了兴趣,也开启了与清华经管的不解之缘。

那是读大一时,一次和经济专业的同学聊天,对方提到一句:"只要人们追求自身利益,社会就可以变得很好。"他坦言,自己当时受到了不小的"震动"。为了理解其中缘由,他报考了经管学院的二学位。在"经济学原理"的课堂上,他终于明白了那位同学的本意,即市场往往是资源分配最有效率的方式。"利己主义当然不值得推崇。但如果有良性的市场规则,人的自利本性就可能自然地促进社会公利。"他说,对经济学的学习,不仅让他的思维方式发生了很大变化,也让他更加懂得,只有不断增长知识、开拓眼界,才能少一分偏执狭隘,多一些理性成熟。

终身难忘的求学岁月

"在清华经管的求学时光,是一场思想智慧的饕餮盛宴,承载了良师益友的真挚情谊,记录下青春独有的热血激扬。"

2017年本科毕业后,峇杰进入清华经管学院金融硕士国际班,开始了为期两年的研究生学习。令他意外的是，班上有至少三分之一的同学和他一样本科读的是理工科。他说，正是因为学院的这种开放包容，才让大家在课堂上有了更多的思想碰撞，也从彼此身上看到了更多的可能性。

咎 杰

他记得，研一刚开学的时候，外资、投行等金融机构就开始面向他们这届招募暑期实习生了，这让不少同学感到无所适从。"我们才刚开学，怎么就开始找工作了？"他坦言，当时对金融从业还没有足够了解，更没有做好心理准备。幸运的是，金融硕士项目开设了许多实务课程,为同学们详细讲解行业一线情况,并提供一对一的就业指导。这使同学们对自身特质有了更多了解,职业路径也很快清晰了起来。

"更重要的是,金融硕士项目还非常重视学生的理论功底和广阔视野。"他认为,项目开设的很多经济金融基础课程,以及关于国家发展、世界形势的课程和讲座,让他少了一些躁动不安,多了一些求知的快乐和认知的坚定。"我想这种教育理念和培养模式,本身就代表了学院与清华一脉相承的价值导向,对学生志存高远的殷切期待。"

他感慨道:"时至今日,我在工作或生活中偶尔的灵光一现,仔细想来,依然可以追溯到在清华经管读书时的所学所想。那段时光越是久远,就越能感受到它的价值。"

走出象牙塔

"还记得在我们的毕业班会上,同学们畅谈自己不同的人生选择。我很荣幸与这样的一群人相识——他们没有为利欲而迷失方向,也没有因困难而放弃追求。记得班主任刘淳老师当时说,'你们就是我心目中金融硕士应有的模样'。"

在谈到自己的职业选择时,吝杰坦言,从事外交工作在金融硕士的就业选择中显得有些许"另类"。这里面有偶然性因素,但更多的是个人长期以来的兴趣与愿望使然。"其实无论在什么行业、从事何种工作,只要能把个人事业同国家发展联系在一起,都是主流和大舞台。"

吝杰表示,很多同学现在已经开始在各行各业崭露头角,自己能在学院成立 40 周年之际，作为年轻校友中的普通一员接受采访，感到非常荣幸。无论身在何时何地，清华经管学院都是校友们心心念念、引以为豪的精神家园。他衷心祝愿母校能够继往开来、欣欣向荣、越来越好！

吝杰在联合国会议上发言

文 / 程雨婷

校友介绍

吝杰，清华经管学院 2017 届工商管理本科（第二学位）、2019 届金融硕士毕业生。现就职于外交部，在中国常驻联合国代表团工作。

林 嵩

不忘书山岁月，永怀花样年华

于林嵩而言，清华经管学院不仅陪伴他度过八年的学生时光，是他学术成长和走向社会的摇篮，更是心中永远的精神家园。

从清华经管的"三清"学生成长为高校的教授、院长,从近距离观察创业实践到钻研创业学术研究,从收获师友倾力相助到学成回馈捐赠母校……林嵩,以"行胜于言"的精神与求真务实的学风,正在为中国的企业管理学科建设持续贡献力量。

将创业与学术研究有机结合

1998年,林嵩考入清华大学经济管理学院经济系。"我记得,当时在本科的班会上,杨之曙老师非常鼓励我们攻读博士,继续深造。"林嵩回忆道。怀着对学术的热忱,他在经管学院相继攻读了管理学的硕士与博士学位。

林 嵩

在林嵩的博士求学阶段,适逢学院实施特聘教授项目,第一次成批量地引进28名海外师资，聘请当时在海外获得终身教职、有一定影响力的华人教授，利用休假时间到学院工作，一方面上课培养学生，另一方面和学院教师合作研究。林嵩也受益其中。"当时，白重恩老师给我们上'高级微观经济学'，他系统地推导和讲解了相关原理、方法和公式。直到今天我写论文、做科研时，还在使用他教的方法，这给我很大的启发。"

回望求学时光，让林嵩印象深刻的是，学院注重数理思维与实践实习的培养特色。与其他院校的经济学教育课程以思辨和论证为主相比，清华经济系较早地加强了数理经济学的教育。林嵩参与了包括物理学导论、物理实验、电工与电子技术以及车间实习等在内的课程实践，这些对提升经济学专业的逻辑思维和实践能力有着较大帮助。

林嵩的研究方向是创业管理与中小企业管理，能够将实践性较强的创业领域和理论性较高的学术研究有机结合，这一创新得益于他长期的学术积累、师友的资源支持以及学院浓郁的学术氛围。

清华经管学院是全国最早开始创业教学和研究的机构，林嵩的导师姜彦福教授成立了创业研究中心并担任首任主任。他的学生们活跃在创新创业、技术创业的一线。林嵩也在创业研究领域持续深耕，取得了不菲的成果：带头成立了财经创业教育研究虚拟教研室；发表了100多篇核心论文，主持了多项国家自然科学基金项目。他目前担任中央财经大学商学院院长兼MBA教育中心主任，致力于经济管理的科研攻关与人才培养工作。

师友相助，回馈母校

从本科到博士，林嵩在漫漫求学路上收获了来自师友的暖心相助。"我的导师从不给我们设限，完全放手让我们探索自己的兴趣点。有任何研究困难都可以找他交流。"林嵩回忆起在博士论文写作期间，导师对他的影响时说。

林嵩的师兄张帏现在已经是清华经管学院长聘副教授，当年还手把手地指导过他的论文写作。林嵩谈道："张老师逐字逐句地给我修改论文，这种直接有效的帮助让我的论文得以顺利发表。"如今，林嵩在指导博士生时，也会字斟句酌地耐心修改，帮助他们迅速成长。

行胜于言的精神内核和扎实严谨的学风是清华的价值底色。林嵩谈道："我从本科到博士，基本上都会坚持每天自习研究。这种纯粹的、全身心投入的、根深蒂固的学风，到现在也是一样的。经管的学生走向社会，都会给人一种内敛务实、不喜张扬的风格。"如今，林嵩也会教导学生传承这种品质："事情没做成就别到处说，做好了也没必要到处吹，最关键的是要把事情做好。"

集体主义精神和团结协作是清华赋予林嵩宝贵的精神财富。"我的本科在经85班。当时为了筹集班级经费，大家一起骑行长安街沿线调研商品问卷，获取经费。"这些难忘的经历，让林嵩与同学们之间一直保持着相互合作与支持的联系，他也经常邀请本科同学分享一些创业经历和对资本市场的洞察。

学成归来，感恩母校。林嵩和所在的经85班的同学一起向母校捐赠了第四教学楼一个教室的桌椅，并留下了"不忘书山岁月，永怀花样年华"的寄语。作为一名高校教授，林嵩也经常受邀，欣然回到清华经管学院参加学术论坛和学术讲座，积极交流合作，指导博士生的毕业答辩，以自身的学术积累回馈学院。

林 嵩
不忘书山岁月，永怀花样年华

满怀期待，守望精神家园

"每次回到经管学院，我都能感受到明显的变化。最直观的就是教学楼的变迁，从本科的伟伦楼，到博士的舜德楼，再到现在的经管新楼，一定程度上也反映出学院的发展。如今，清华经管学院不仅在国内名列前茅，在国际上也产生了很大的影响。"林嵩谈道。

于林嵩而言，清华经管学院不仅陪伴他度过了八年的学生时光，是他学术成长和走向社会的摇篮，更是心中永远的精神家园。

面对镜头，林嵩也为母院送去了40周年的生日祝福。"我发自内心地希望我们的学院、专业和学科建设能够在世界范围内越来越好，努力成为世界顶尖的经管学院，这是我们校友衷心的期待。"每逢校庆和院庆，林嵩也非常希望重回母校，常感恩，常相聚。

文 / 袁雨晴

校友介绍

林嵩，2002年毕业于清华大学经济管理学院经济系，2002—2006年获得清华大学经济管理学院管理学硕士、管理学博士学位。现任中央财经大学商学院院长兼MBA教育中心主任，主持4项国家自然科学基金项目，在 Academy of Management Journal, Journal of International Business Studies,《经济研究》《中国工业经济》等期刊发表论文，获得过北京市教学成果一等奖，入选教育部新世纪优秀人才支持计划。

林玉霞

平凡却不凡的"林妈妈"

关心学生,帮助学生。在他们有困难的时候,一定要拉他们一把,这是最关键的。吃亏是福,多多帮助他人,自己也会收获他人的认可和爱心。

从担任学生工作助理到与孩子们朝夕相处的林妈妈,从照顾学生的身体健康到关爱同学的思想成长,从管理最初的几个班到2000多名住宿学生,24年间,林玉霞事无巨细,全心奉献,用敬业和责任为经管学院的学生工作注入无限的爱心与真情。

林玉霞

1983年,作为一名随行家属,年轻的林玉霞来到清华园工作。1988年,一个偶然的机会,她开始在经管学院学生工作助理岗位从事学生工作,这一干,就是20多年。

"我刚来时,学院负责行政工作的人员才10来个人。当时新建的14号楼是学院本科生和研究生的宿舍。为更好地保障学生们的安全,宿舍还专设了大门以及值班的师傅。"

林玉霞回忆道:"当时的我,还只是一个中专生。为了帮我充电,提升业务方面的能力,学院特意为我安排了文化课的学习。这样白天上班,晚上就去北大补习。日积月累地,确实学到了很多。和各位老师、同事在工作和生活上互相帮助和支持,我也学到了很多人生的道理。一直以来,院领导的认真负责、学院的栽培以及温馨的氛围,都让我很暖心。"

学院的支持为林玉霞提供了坚实的后盾,而她也身体力行,用心用情温暖着每一位经管学子。

林玉霞的办公室就在14号楼的学生宿舍区,她的门,经常都是开着的——学生衣服破了,就找林玉霞缝补;学习生活中遇到困难、有事情想不开,也找林玉霞谈心。

"不管是本科生、硕士生、博士生或者工商管理硕士(MBA),只要是在校的学生,我基本都管;住宿、生病、迎新、奖学金和助学金发放,只要是学生的事情,我也基本都管。"学生因阑尾炎住院,林玉霞跑去医院照顾,变着花样做饭,给学生加强营养;学生搬家,她帮忙租好车,早早地等候在楼下;学生参加学校的献血活动,她忙里忙外,准备红糖水,煮鸡汤,还端来两大脸盆鸡蛋为他们补充能量;学生参加'马杯'比赛,她紧锣密鼓、马不停蹄,给运动员们准备运动服、矿泉水、钉鞋等各种物资……

日常的点点滴滴,凝聚着林玉霞朴实无华、细致入微的爱心,她也因此被同学们亲切地称为"林妈妈"。曾在学院读本科的会计系教授薛健回忆:在"本科三年级时的一次献血后,我喝到了林妈妈煮的鸡汤。这是最好喝、最鲜美的鸡汤。她真的像妈妈一样照顾着我们的生活,让初次离家的学生们体会到家庭的温暖。"

每一位走近林玉霞老师的人都会感觉,她的脸上时常是洋溢着幸福的、欣慰的、满足的微笑。这一切,当然与她的孩子们分不开。

林玉霞说,经管学院的孩子们很优秀,每年都有同学出国深造读书,去外面看更大的世界。很多人学成回来,就在企业、政府或者金融机构等工作。"孩子们都是非常优秀的,他们中有很多孩子慷慨地给学院捐赠。"

在林玉霞眼中,曾经与她朝夕相处的孩子们不仅成长为具备全球胜任力的国际化人才、能够堪当社会重任的时代英才,也懂得感恩,用自己的实际行动表达爱心、回馈母校。

曾在学院读本科、现为学院管理科学与工程系教授的肖勇波回忆,林玉霞老师给了大家母亲般的关爱。除了生活上无微不至的照顾外,还为同学们留意勤工俭学的机会。"老师们的言传身教对学生的影响非常深远。当我自己成为一名老师后,我也在效仿他们去对待自己的学生。一方面,在课程学习上还是严格要求;另一方面,只要学生有需求,我都会想尽办法提供力所能及的帮助。"

管理科学与工程系副教授毛波也是当年被林妈妈照顾过的孩子之一,他毕业后选择留校工作,担任过辅导员、班主任等多项与学生有关的工作。经常从林玉霞老师那里得到建议和帮助。

后来担任学院学生工作事务办公室主任的郭朝晖老师说,她以林玉霞为榜样,通过生活的细节,将正确的价值观和饱满的正能量传递给学生。

谈到如何才能做好学生工作,林玉霞有自己独特的理解和心得。要有责任感。"一步一个脚印付出,你对学生负责,学生也会对你负责。"要充满爱心。"关心学生,帮助学生。在他们有困难的时候,一定要拉他们一把,这是最关键的。吃亏是福,多多帮助他人,自己也会收获他人的认可和爱心。"要有同理心。"要能够站在学生的角度换位思考,少为自己想,多替别人想。"要甘于奉献。"学院的陈章武老师80多岁了,还在为资助甘肃学生的事情跑前跑后。老一辈的奉献精神值得年轻的老师和同学们学习,一定是要德才兼备的。"

学院即将迎来40周年院庆，萦绕在林妈妈心头的，还是那一群可爱的莘莘学子。面对镜头，她语重心长地说："祝学院生日快乐！希望我们经管学院的同学们，学习进步，事业有成。"

在清华经管学院，林玉霞老师是众多从事学生工作的老师的缩影。正是有这样一群对学生全心奉献、全情投入的老师们，做学生的知心人、热心人与引路人，提供真诚与细致的服务和辅导，经管学子才能在求学道路上、职业发展道路上感受到更多温暖的力量。

如温厚的大地拥抱阳光，滋养幼苗；如茂盛的大树伸展枝叶，庇护繁花；如宽广的大海打开心胸，包容江河。经管学院的林妈妈，用无私的爱心，宽厚的臂膀，为经管学子构筑起一方温暖的港湾。

文 / 袁雨晴

陆　毅

笃行致远，更攀高峰

"清华的经济学科要为国家的重大战略做出大的贡献，很难，但这却是我们应该做的事情，也是包括我自己在内的清华经济学人特别想要做的事情。"

2017年，青年经济学者陆毅从新加坡回国。当时的他，在经济学界已小有名气。怀着"希望回来多做一点事儿"的想法，他选择了到清华大学经济管理学院经济系任教。在他眼里，经管学院是一个"研究比较全面综合、学科发展有前途"的地方。

陆　毅

作为经济系系主任，陆毅见证了2021年纪念建系95周年时，师生们对历史的悠长回忆，以及对未来的殷切展望。他用"务实"和"踏实"来概括经济系的风格，而他身上也散发着相似的气质。

"清华的经济学科需要为国家的重大战略做出大的贡献，很难，但这却是我们应该做的事情，也是包括我自己在内的清华经济学人特别想要做的事情。"站在清华经管学院建院40周年这个特殊的时间点上，陆毅不假思索地说出自己的理想，他的目光温和而坚定。他用言行影响着众多青年学生学者，也用实际行动为国家培养经世致用的栋梁之材。

清华：一个不需经太多比较的抉择

陆毅在上海出生、长大，也在上海完成了本科和硕士阶段的求学。2010年夏天，他前往新加坡执教。在2017年之前，他从没来过北京，对清华也知之甚少，但对他来说，来到清华是一个未经太多比较的选择。

陆毅主要的研究领域是中国经济，他希望回到国内可以使他的研究更有深度、更有价值，他也希望他的研究可以在经济政策制定的过程中产生一些正面作用，学以致用。

"我希望离祖国的心脏更近一点，可以更真切地了解中国经济的运行，尤其是中国经济政策的制定过程。在北京，经济学家可以更多地发挥分析中国经济、评估政策制定的积极作用，甚至可能参与到政策的前端设计制定。"陆毅说道。当时，经管学院院长白重恩向他介绍了清华经济学科的发展，也分享了自己对中国经济的见解，这对他作出最后决定起到了很大作用。"没再和其他学校接触，就直接决定来到清华。"

清华经管学院的风格和气质，让他很好地适应了新的工作生活——这里会聚着一群踏踏实实做研究的经济学者，陆毅所重视的同辈交流也得到了实现。

经济系的教师每周都会召开午餐会，一般不会设定特定的主题，许多学术的火花会在这里碰撞出来。午餐会上意犹未尽的话题，也会成为老师们回到办公室继续讨论的内容。近年来，经济系的年轻教师和学者还发起了周四下午的"happy hour"活动，博士生、在站博士后也加入交流中，打造出学院内部交流沟通的新场域。

在这些机会里，陆毅也从"一个人都不认识"的清华新人，成长为可以引导青年教师的成熟学者。

陆毅在入党发展会上讲述心路历程

知识传承：给予力所能及的帮助建议

回国之后，在学术会议上与年轻学者交流时，陆毅发现他们的知识体系存在亟待提升的地方，从使用的研究方法，到看待前沿研究问题的视野，再到对中国实践的了解方面都存在短板。

"我也是这么一路过来的，明白大家都不容易，所以我希望自己提供的建议可以让他们省一些时间，最终能达到更高的研究高度。"陆毅说道。

出于如此简单的同理心，陆毅开办了面向经济学年轻学者的小规模培训，力所能及地帮助他们打开眼界、少走弯路。教学相长，碰撞并从游。这些青年学者接触到前沿知识的指引，陆毅也在学术方向探索上感受到鼓励。

从 2018 年起，经管学院联合清华大学中国财政税收研究所发起举办中国公共财政暑期学校，就公共财政领域的前沿理论和现实问题面向中国年轻学者和高年级博士生进行短期培训和交流，以促进中国公共财政研究的发展。活动好评如潮，其实陆毅的初衷十分简单："我希望，能使得政策制定的评估和参与更规范一点，就是我能想到的对社会的帮助。"

陆毅在这里与其他学者共同探讨，娓娓而谈，也将经济研究的薪火传承，起而行之。

着眼未来：培养引领世界的一流人才

清华大学经济管理学院以"创造知识、培育领袖、贡献中国、影响世界"为使命。对于陆毅来说，参与到学院的未来人才培养事业中，责无旁贷。

陆毅说，希望他的学生能成为某一个领域的专家，既要有学术研究、理论分析能力，也要对中国问题有真正的了解。为此，他要求每两周至少和学生有一次单独的交流，如果有需要，学生也可以以更高的频率和他沟通。

他和学生们到访过中央与地方的政府部门，并通过与一线工作者座谈，了解政策制定的考量与执行的成效。"经济学说穿了就是发现问题、解决问题。但是可发现的问题太多了，因此我们也必须聚焦在一类问题上，成为真正懂中国情况的专家。"

"懂中国"，在陆毅看来，并不是一句空话。他坚信，所有的表达都要基于自己的了解、分析和研究，因此，最近一年他有近一半的时间都在外调研。同时，他也不忘时刻保持谦逊。"近几年积累了一些想法，但现在还在努力中，学术体系构建还需不断完善。"

在经管学院即将迎来建院 40 周年的重要时刻，陆毅表示，学院承担着成为世界一流的经济管理学院的期待，这件事尽管困难，但必须要完成。除此之外，学院更承担着培养中国乃至世界最好的学生的职责。中国经济社会的快速发展对高等教育提出了更高的要求，而清华必须走在前列。

莫道前路多险阻，再闯关山千万重。学术上的雄心是他的蓝图，研究中的严谨是他的工具。比起未来，陆毅更关注于走好脚下每一步，他是一名坚定的探险者，向着顶峰，踏实行路，步履不停。

文 / 彭欣怡

马晟彦

做中西文化交流的使者

"清华全球 MBA 让我深入中国的文化与商业，我的中国生活是非常美好而幸福的，我非常想念中国。"

马晟彦（Marco Matti）出生于瑞士阿尔卑斯山脉中一个以滑雪胜地和小木屋闻名的旅游乡村小镇。能说一口流利普通话的他，对于中国历史、文化、哲学和经济有着浓厚兴趣，对于深化中瑞关系也有着自己的认识和理解。

马晟彦

在马晟彦看来，最好的、最生动的文化交流课并不是参加活动，而是与当地人一起生活、互相了解。于是，他来到了中国，成为清华全球MBA项目的一分子。

在清华全球MBA学习的两年多时间里，马晟彦不仅学习到丰富的商业管理课程，还逐渐对领导力、商业战略、中瑞关系、中国历史文化等内容有了更加深入的理解。知识的力量是强大的，项目对马晟彦的影响是深远的，甚至是"脱胎换骨"的。

马晟彦认为，清华全球 MBA 完美精妙地融合了中西商业教育的精髓，且学术严谨、创新创业精神突出的特点十分鲜明，这种多元文化意识培养和跨文化的教育模式，极大地丰富了他的世界观，对他的生活与职业发展也产生了潜移默化的影响。

作为联合利华数字营销、媒体和电子商务主管，马晟彦领导着一支由 9 名才华横溢的经理和专家组成的团队，他们共同优化全渠道客户旅程，为电视/户外/数字制定有影响力的媒体计划，打造出色的品牌故事，并加速德国、瑞士和奥地利的在线销售渠道。团队负责在欧洲最大的市场（德国、瑞士和奥地利）营销一些世界上最大的消费品品牌，如 Knorr（家乐）。马晟彦的团队还管理与欧洲一些大的在线零售商的关系，如 Rewe 和亚马逊。

文化交融，双向赋能

清华全球 MBA 项目的学生来自世界各地，马晟彦在求学期间有机会与来自不同文化背景的同学共同经历酸甜苦辣、体验精彩人生。

同学们既是他的同龄人，又是他的挚友。在马晟彦的印象里，他们热情好客，不仅会带着他游览北京，向他介绍美味多样的中国菜，也会帮他熟悉各式各样的风土人情。大家一起参与各种各样的探险活动，从北京的滑雪场到成都的西南行，从大美瑰丽的自然风光到引人入胜的人文景观，使他能够沉浸式品味中华历史文化底蕴。

此外，作为班委会的学生生活负责人，马晟彦一直以自己的方式为清华学生社区的活跃度加持赋能。"班委会只有我一个欧洲人，这对我来说，也很特别。"作为一个融合多元的项目，清华全球 MBA 汇集了世界各地的学生，由于语言的壁垒，大多数同学会羞于对话沟通，所以他不仅会组织同学们一起旅游、聚餐、运动，还会为大家安排破冰交流会等有趣且有意义的活动。通过深入的交流，他不仅提升了沟通能力、拓宽了思维方式，还进一步学习感受到不同国家的文化与风俗。

在中国与朋友们一起度过的时光，让马晟彦在毕业四年后依然十分怀念。每一个记忆深刻的故事，每一次热闹的欢聚，不仅为他的学习生活增添了浓墨重彩的一笔，也对他个人的成长和发展有着弥足珍贵的意义。

终身学习，成长进阶

清华全球 MBA 项目互鉴融合了中西教育理念。在这里，马晟彦可以认识各国不同背景的学生，既能体验中国本土传统文化，又能拓展全球视野。同时，对领导力和全球视野的前瞻关注共同打造了项目创新、前沿的氛围，让他在日新月异的商业环境中拓宽了世界观，与学生们碰撞出不一样的火花。

谈到对课程和老师的印象，马晟彦坦言，清华全球 MBA 项目不仅有专业的理论知识，还会通过体验式学习培养同学的综合能力。他有机会参与到大量实习工作和咨询项目实践中，在积累经验的同时加深商业洞见、提升全球胜任力，可以说是获益良多。在课堂上，老师们会以严谨的态度教授专业知识，并鼓励大家积极思辨，课后也会耐心为大家答疑解惑。

让马晟彦感到非常有意思的是，目前已毕业四年的他，在联合利华日常的市场营销和电子商务工作之余，仍在潜心阅读和学习张娟娟老师的书籍。"张娟娟老师在这本书里总结了所有的日常营销策略，在我的工作中，这些知识对一个品牌的市场营销执行非常重要，并且很有用。"老师们的言传身教无疑是一笔宝贵的人生财富，潜移默化地影响着包括马晟彦在内的每一个清华全球 MBA 学员，助力着大家的工作发展与职业成长。

作为项目学生，马晟彦也能够真切感受到清华经管学院的实力与发展势头。在他看来，始终坚持跨文化教育、跨学科合作、根植于前沿科技的清华经管学院，将继续稳步发展，并保持作为卓越的经济管理学院的地位。

做文化沟通的"桥梁"

在日常的学习和生活中，马晟彦深刻地体会到，由于信息壁垒等多种原因，不同国家与背景的人们之间存在很多认知上的误解。"在欧洲，很多信息告诉我们'中国是这样的'，但很少有人花时间真正到中国了解中国的情况。"因此，热衷于中国文化与历史的他，一直希望可以成为瑞士与中国之间联系的桥梁。通过清华全球 MBA 的学习，现在他也可以为瑞士人讲述一个更真实的中国。

正如马晟彦所说，在这个世界上，不同国家的人成为朋友很不容易。他更愿意去做国家间合作与交往的桥梁，通过清华全球

MBA 项目，他希望能够离这份愿望越来越近。

回顾在中国生活学习的日子，马晟彦表示："清华全球 MBA 让我深入中国的文化与商业，我的中国生活是非常美好而幸福的，我非常想念中国。"在清华 MBA 这段美好的学习生活已经成为他人生之旅的一抹亮色，而曾经并肩学习与生活的同学早已成为他的好朋友。

"愿学院能够继续激励和塑造未来的行业领导者。非常感谢学院开阔了我的国际视野，将我与各领域的杰出人才联系在一起，让我们成为朋友。"这是马晟彦送给清华经管学院 40 岁生日的祝福，也是一位学员对清华经管学院和全球 MBA 项目由衷的感谢。

校友介绍

马晟彦（Marco Matti）目前在德国、奥地利和瑞士的联合利华公司负责数字营销、媒体和电子商务。他在瑞士的一个小型滑雪胜地长大。在纽约华尔街实习后，他开始了在瑞士银行和投资咨询公司的职业生涯，之后作为清华全球 MBA 项目的学生来到北京。毕业后，马晟彦被联合利华的未来领导者项目录取，并迅速晋升，领导一个由媒体策划人、业务开发人员、内容和渠道经理以及数据专家组成的跨国团队，他还负责管理在中国拥有 350000 多名粉丝的主要社交媒体账户。

潘福祥
学成清华园,创业陆家嘴

"我们校友对学院的发展充满信心,寄予厚望。期待清华经管学院继续为中国经济管理教育改革与发展做出更多的贡献。"

他是清华经管学院第一位校学生会主席,在社工经历中提升决策和人际交往能力;他是清华经管学院客座教授,三十年如一日主讲"证券投资学",将一线实战经验传授给学生;他是诺德基金的董事长,坚守资产管理初心,打造理论与实践相融的样本。学成清华园,创业陆家嘴,潘福祥驰骋于理论学界和商业战场,探秘证券金融之道。

一门课程,教了三十年

1983年,潘福祥考入清华经管学院,开始了为期5年的本科学习,又在技术经济教研组继续攻读硕士学位后留校任教。1990年,上海证券交易所成立。清华经管学院在全国高校中率先开设了"证券投资学"课程。潘福祥有幸成为这门课程的授课教师。

潘福祥

他回忆道:"当时证券交易的实践条件极其匮乏。无论是从理论到实践,对于我来说,都是一个陌生的领域。但是按照朱镕基老院长的要求,清华经管学院的老师应当致力于成为这个领域的专家。因此,学院特地为我创设了一个非常难得的科研项目——前往上海证券市场进行投资实战。"

"我是进入证券行业时间最长的教授'证券投资学'的老师,也是教授'证券投资学'课程中最早的证券从业人员。"潘福祥这样定义自己作为市场参与者和教学者的双重身份。

如今,他被聘为清华经管学院的客座教授,奔波于北京、上海和深圳三地,30年如一日讲授春季学期的MBA课程和秋季学期深研院的金融硕士课程。每年的课程内容,潘福祥都会持续思考新的市场变化、课程体系更新以及对学生的认知提升。"能够有机会验证金融证券理论在实际运作过程的使用效果,并且将实战中的经验教训当作教学案例与学生沟通交流,非常感谢学院为我创造的这些条件。同时,无论是在学习、教学和个人职业发展等各方面,学院都培养了我。我也始终心怀感恩和责任,以此来回报学院的培养。"潘福祥说。

一门开设了30年的"证券投资学",反映出清华经管学院致力于为学生创造一个学科理论与工作实践相结合的平台,希望鼓励学生在中国社会的经济运作中施展才干,服务社会需求。

一诺千金,厚德载物

潘福祥在求学期间还有另一个身份,就是经管学院第一位当选为清华大学校学生会主席的学生。"当时大家在学习之余,都把社会实践和社会工作视为一种非常难得的锻炼机会。在组织学校大型项目活动的过程中，我也提升了与各院系学生负责人以及老师的沟通能力、决策组织能力、分析与解决问题的能力。"

此后，潘福祥又担任了经管学院的院长助理，不断提升工作效率，改进工作方法，为学院的行政管理工作添砖加瓦。这些难得的经历也为潘福祥今后的创业之路做好了铺垫。

如今，潘福祥参与创建的公司坐落于上海黄浦江畔的陆家嘴国家级金融中心。身处震旦大楼，眺望外滩，公司的创业历程与成果历历在目。

诺德基金创立于2006年，管理超1000亿元资产。无论是作为早期的中外合资金融机构、后来成为唯一高校控股公募基金，还是如今的地方国资一员，尽管股东历经变换，但是公司始终坚持资产管理行业不变的初心，以丰富、多样化的产品为基金持有人创造更好的投资收益，共享国家经济发展和改革开放形成的财富增值和保值的成果。

"从这个角度来说，这么多年来，我们确确实实为中国资本市场的建设和发展做出了自己的贡献。"潘福祥介绍道。

潘福祥将"一诺千金，厚德载物"作为企业的文化与价值坚守。多年来，他始终牢记着朱镕基老院长的那句话："你们每个人都搞好一个企业，中国经济就有希望了。"

四十不惑　任重道远

在潘福祥看来，证券市场并非一夜暴富的机会，而是市场经济体系发展过程中的一个重要环节。"皮之不存，毛将焉附？证券市场是'毛'，需要依附于国家经济发展和企业成长的'皮'上。"在授课中，潘福祥曾以此类比，引导经管学子探索不同企业的成长规律以及财富增长和投资机会，实现道与术的有机结合。

谈到经管学院未来的人才培养目标，潘福祥希望，学院坚持日益丰富的专业设置，培育个性化发展的学生，使其成长为适应社会多样化发展的栋梁之材。

还记得在经管学院30周年院庆时，潘福祥曾作为院友代表发言："感谢时代的恩赐，让我们能够在漂亮院馆、藏书丰富的图书资料、令外系同学羡慕的14号楼新宿舍中磨砺行胜于言的精神品性和理想情怀。"转眼十年岁月流过，潘福祥又见证了经管学院在学术研究、人才培养、服务社会等方面取得的长足发展，以及稳步提升的国际影响力。

四十不惑，任重而道远。在40周年院庆之际，潘福祥向学院献上了真挚的祝福和期待："我们校友对学院的发展充满信心，寄予厚望。期待清华经管学院继续为中国经济管理教育改革与发展做出更多的贡献。"

文 / 袁雨晴

校友介绍

潘福祥，清华大学经济管理学院1983级学士、1988级硕士，中国社会科学院金融学博士。曾任清华大学经济管理学院院长助理、安徽省国投上海证券总部副总经理和清华兴业投资管理有限公司总经理、清华大学经济管理学院、国家会计学院客座教授。现任诺德基金管理有限公司董事长。

潘庆中

经管学院于我，亦师亦友亦家

"经管学院的校友在中国乃至世界范围内的各行各业辛勤努力着，他们施展才干，将自身的所学、所知、所识，贡献给了社会发展、推动着文明进步。"

学识·见识·胆识

从 1984 年到 1990 年,潘庆中作为清华经管学院的学生,见证了学院从 0 到 1 的创业过程。

"学院刚刚成立时,是清华最小的院系。为顺应改革开放的浪潮,学院全面招收本硕博学生。朱镕基老院长提出,将清华经管学院打造成公认的世界一流经济管理学院。"潘庆中边说边回忆起当时这美好的愿景,以及经管学院师生们一起砥砺前行、躬耕拓荒的岁月。

潘庆中

20 世纪 80 年代,很多课本和教材都是手写体油印的,但是大家的学习劲头很足。老师们逐步探索课程体系建设,涵盖数学、计算机、机械、电子、经济、管理等,类目日益丰富。当时,学院邀请了包括哥伦比亚大学、纽约大学、斯坦福大学在内的国际名校教授,以及政界、业界和学界的大咖给同学们授课,开阔视野。

课堂之外，除了大学要求的金工实习，学院还组织了去清河毛纺厂、首钢、东风汽车集团有限公司、蛇口工业区等地的社会实践。潘庆中和同学们乘坐20多个小时的绿皮火车前往位于湖北十堰的东风汽车集团有限公司，聆听从厂长到车间主任、班组长、工人以及相关专家的课外授课，在一线了解中国的企业现状和发展，实现"理论+应用"的融合互补。

1990年，潘庆中按照学院的博士培养计划，前往世界银行做访问研究，并收获了斯坦福大学的录取通知书。在老师们的鼓励下，潘庆中在海外潜心学习，充分浸润于跨文化交流中，以增长见识。秉持着老师们"到海外学习后，还是要回来，为国家做贡献"的谆谆教诲，潘庆中在海外学习工作12年后，回到了清华。

在潘庆中的办公室里，映入眼帘的是学生们赠送的祝福卡片、漫画像等教师节礼物，以及他和学生的合影。浓厚的师生情谊对于潘庆中来说是一脉相承的，他回忆道："上学时经管学院很多老师的家我都去过，搬起小马扎，和老师们聊天，到饭点了，老师们就亲切地留学生吃饭，将我们视为孩子一样。所以，当我在学院工作时，也会积极回应学生的需求。"时至今日，潘庆中几乎能忆起每位老师的亲切指导和教诲。

在经管学院亦师亦友亦家的氛围下，潘庆中不仅见证了学院的发展壮大之路，也增长了学识、见识以及胆识，锻造了"老老实实做人，踏踏实实做事"的精神品质。

愿景、激情、行动

2004—2014年，潘庆中担任清华经管学院合作发展办主任，主要负责顾问委员会的日常工作。2013年时任院长钱颖一提出总结顾问委员会的阶段性成果，潘庆中编写了《顾问委员的故事》一书。"顾问委员会是在朱镕基老院长的积极推动下成立的，委员大部分是国际著名跨国公司的董事长、世界一流大学商学院院长和诺贝尔经济学奖获得者。他们走进经管学院的课堂，参与到课题项目以及招聘活动中，为学院提供全方位的支持。"

在学院三任院长赵纯均、何建坤、钱颖一的领导下，潘庆中陪同他们不止一次地拜访了每一位顾问委员。在与他们的交流中，潘庆中领悟到一些可贵的精神特质，感触颇深：首先要有愿景（vision），在远见卓识的谋划下，步步前行；其次要有激情（passion），对感兴趣的事业满怀激情；最后要有行动（action），对于要做的事情，目标明确，言出必行，有超强的执行力，多多实践和尝试，不要害怕失败。

受到激励和鼓舞的潘庆中笃行致远，知行合一。如今，他已经担任清华大学苏世民书院常务副院长10年，在学校的支持帮助下，积极开展国际交流，吸纳全球优秀青年来清华学习。除了"引进来"，潘庆中还带领着清华经管学子"走出去"。例如，自2005年开始了和斯坦福大学的MBA交流项目（STEP）。自2006年开始，在顾问委员卢克希奇（Mr. Luksic）的支持下，经管学院和智利天主教大学紧密合作，双方的本科生、MBA以及博士生进行交换学习，并赴其他拉美国家做考察交流。时任校领导和钱颖一院长、陈国青常务副院长等非常重视，亲自指导并参与同智利及其他拉美国家的合作，受到了当地政、商、学界和媒体的高度关注，提升了清华大学和清华经管学院的国际声誉和美誉度。

兼容并包　再创辉煌

清华经管学院从开设学位项目，增设多个系别，到吸引众多国际留学生，不断以开放包容的精神砥砺前行，植根中国，问道全球，汇智聚力，共建未来。潘庆中感叹道："经管学院的校友在中国乃至世界范围内的各行各业辛勤努力着，他们施展才干，将自身的所学、所知、所识，贡献给了社会发展、推动着文明进步。"

面对百年未有之大变局，潘庆中希望学院能够进一步把握中外政经大势，实事求是，走对方向，以更为开放包容的心态开展全球合作。紧密追踪前沿科技和经济管理教育领域的新趋势，像我们的前辈老师们一样，走在时代的前列。践行朱镕基老院长对师生们的高要求，学贯中西，精通文理，学以致用，为强国建设贡献经管智慧和力量。

"在今后的岁月里，希望清华经管学院稳扎稳打，再创辉煌。"潘庆中说。

文 / 袁雨晴

校友介绍

潘庆中，获清华大学工学学士、工学硕士和经济学博士学位。获美国斯坦福大学工学院理学硕士学位。现任清华大学苏世民书院常务副院长、教授。

乔丹丹
展现好清华博士的国际学术水平

"平实见卓越,简约映品格。"这是陈国青老师给乔丹丹的毕业寄语。乔丹丹以此为坚持的信念,时常提醒自己要涵养学风品质,锻造学术志趣,在细微处追求卓越,在平常的生活中不断充实自我。

她，曾是清华经管学院管理科学与工程专业博士，清华大学毕业生启航奖金奖获得者，美国德克萨斯大学奥斯汀分校访问学者，现为新加坡国立大学助理教授。清华园内，她积蓄力量；海外访学，她开拓眼界，于世界顶尖高校任职，她始终践行清华大学行胜于言与自强不息的精神，展现着清华学者的国际学术水平。展望未来，她满怀信心，载誉启航。

求学清华　厚积薄发

2012年，乔丹丹被保送至清华经管学院攻读管理科学与工程的博士学位。在学术氛围浓郁的清华园中，她认真修读了信息系统、商务智能、运营管理等核心课程，为今后的科研道路奠定了坚实的基础。

乔丹丹

让乔丹丹积蓄能量的不仅有深融交叉的学科课程，更有一路同行的良师益友。乔丹丹的导师卫强，以乐观豁达的态度、对学生的包容与耐心，提供了悉心的指导。陈国青老师毕业时赠送给每个毕业生一本收录了清华园内四季的精美影集，并传达了他对"学术四季"这份隐喻的认可和思考：学术追求要有冬的孕育，春的萌发，夏的热烈以及秋的收获。这番话也一直激励着乔丹丹在学术道路上孜孜不倦，追求卓越。郭迅华老师在每次的小组会议上循循善诱，启发同学们在学术追求中要追本溯源，探讨真正有意义的问题；陈剑老师的睿智幽默、徐心老师求知的热情、蓝伯雄老师的认真严谨、钱小军老师的和蔼可亲……在乔丹丹眼里，这些老师立德为首，学高为师、教益为友、育人为本，是自己终生学习的榜样。同时，乔丹丹和实验室的小伙伴们一起合作项目，并肩作战，品尝美食，运动旅行，这些都串联成了她在清华园内温馨的回忆。

"学院非常注重培养学生的国际视野。为我们参与丰富的海外合作交流项目和国际会议提供了支持。这些都极大增强了我的自信心，拓展了我的研究视角。"乔丹丹回忆，从 2015 年 8 月到 2017 年 8 月，她前往美国德克萨斯州立大学进行为期两年的访问交流。博士期间，她的学术论文发表在国际顶级期刊上，并多次在国际会议上做学术报告。作为学术界的一颗新星，乔丹丹以扎实的学术功底，追踪国际学术热点动态，在学术高峰不断攀登，不仅获得了国家奖学金等多项奖励，还在国际学术舞台上初放光彩。

求职海外　展现风采

两年的海外访学经历，乔丹丹和她的访问导师 Whinston 老师、合作者 Lee 老师以及其他很多学者的咨询交流、受益匪浅，了解了美国高校学生的求职经历，增强了信心，萌生了应聘海外教职的念头。在这期间，虽然相隔 14 小时的时差，但卫强导师、陈国青老师和郭迅华老师也会悉心指导有关应聘的注意事项，并鼓励她以科研的姿态去应对这次求职。"可以暂且先不去考虑结果如何，当下的重点是做好沟通交流、展示研究实力，把它看成是一次收集意见与反馈的过程。"

在各位导师和合作者的指导鼓励下，乔丹丹认真筹备，开始了海外求职的旅程。从开始组织材料，一份份简历的发送、投递，直至收到第一份面试通知，再到收到校园访问邀请，最后拿到 offer……在过程中的每一个环节，乔丹丹都面临过焦虑、未知和漫长的等待。她时常想起清华人行胜于言、自强不息的品质，这些都激励着她克服困难，勇往直前。

最终，乔丹丹成功入职新加坡国立大学计算机学院，并且荣获了"清华大学毕业生启航奖金奖"。在参加校长毕业座谈会时，她谈道："这充分证明了我们在科研上与国际接轨，我也希望将自己在清华的学习、在博士期间的积累向更宽、更广的范围传播。"

2024 年是乔丹丹入职新加坡国立大学的第六年，目前她所在的教学项目主要聚焦信息系统与商务智能，顺应了当下 AI 如火如荼的发展趋势。未来，她将继续在教研岗位上不断创新，收获硕果。

继往开来　世界一流

回望在清华园的求学历程，乔丹丹若有所思。"平实见卓越，简约映品格。"这是陈国青老师给乔丹丹的毕业寄语。乔丹丹以此为坚持的信念，时常提醒自己要涵养学风品质，锻造学术志趣，在细微处追求卓越，在平常的生活中不断充实自我。

在学院40周年院庆之际，乔丹丹首先感谢学院的悉心栽培，并结合自身经历，为学院发展建言献策。"我非常期待学院能够更加注重和国际顶尖大学的合作，建立更多的海外交流项目，培养具有全球视野的人才。同时，希望学院有更多更完善的校友平台，促进不同领域的发展与合作交流。祝学院40周年生日快乐，薪火相传，再创辉煌。"

文 / 袁雨晴

校友介绍

乔丹丹，2018年获得清华大学经济管理学院管理科学与工程的博士学位，现为新加坡国立大学计算机学院信息系统与分析系助理教授。

宋逢明
我与中国金融学科的二三事

最大的心愿是为中国的金融教学打开一扇面向世界的窗户,希望我们培养的人才能推进金融体系的改革和开放。

他在国内率先引进和创建金融工程学科，从教三十年来，充分借鉴国际先进教学体系和教学内容、研究成果和研究方法，推动中国金融学科在立足国情基础上融合发展，并迅速走上国际舞台。他就是宋逢明，被誉为当代中国开放型金融学科的重要奠基人之一。

宋逢明

尽管有着丰富的经历和贡献，回首往事，宋逢明只是谦虚地表示，自己"主要做了三件事"，第一件事是参与建设清华大学金融专业，特别是引进金融工程学科；第二件事是在教学中非常注重理论与实践的结合，"我认为大学教师不应该只是钻在象牙塔里面做学问，尤其是像金融这样实践性强的学科"；第三件事是培养了一批学生，"他

们是我的骄傲"。

把金融工程介绍引进到中国是命运交付我的任务

宋逢明于1965年考入北京大学数学力学系。1983年考入清华大学攻读博士学位。1988年，在获得系统工程博士学位后，他留在清华经管学院国际贸易与金融系工作，一直到2011年退休。"我的博士课题是研究系统方法论的，但其实践背景是将创新方法应用于企业金融的投资分析，所以我希望今后能从事金融方面的教学研究。"宋逢明回忆，这些经历为他日后参与清华经管学院金融专业的建设、思考中国金融学科建设方向等奠定了有益基础。

成为清华经管学院教师后，宋逢明陆续参与开发并教授了"国际金融""公司金融（公司财务）"等课程。他坦言，最初自己也是"一边讲，一边学"，站在讲台上有时会"浑身出汗，心里虚得很"。宋逢明意识到，要想办好金融专业，一方面自身知识储备还有待充实；另一方面国内传统教学方法已滞后于改革开放后的中国金融体系现实发展，完全按照国内办学模式已不符合清华的教学要求和特色。那段时间，正好一位美国教授在读到宋逢明的论文后很感兴趣，便邀请他前往美国做博士后研究。综合考虑后，宋逢明于1992年赴美留学，进一步系统学习和从事研究工作。

在美国进修期间，宋逢明从未忘记思考和探索清华金融专业的办学路子。当时，一门新兴的交叉学科"金融工程"正在欧美兴起。"我在美国接触到这门刚诞生的新兴学科时，非常兴奋，意识到对于清华这样拥有雄厚工科基础的综合性大学来说，引进和开发这门新学科将有可能成为专业亮点。"同时，他也深切地感受到，在中国改革开放的进程中，银行金融业将从金融工程中获得创新发展的巨大动力。

面对留在美国的发展机会，宋逢明没有动心："我是决心回国工作的，我一定要把金融工程这门新学科引进到中国，这是命运交付给我的任务。"

1995年，在美完成博士后的研究工作后，宋逢明回到清华经管学院参与创办金融专业，担任金融系系主任，并着手引进金融工程新学科。1996年初，他在《人民日报》理论版发表文章《一门新兴的工程学科——金融工程》，这是国内第一篇产生全国性影响的介绍金融工程的文章。随即，宋逢明又在《金融研究》杂志上发表首页专稿论文《金融科学的工程化》，系统地论述金融工程产生的历史和理论逻辑、基本内容和意义。同时，由国家自然科学基金支持，宋逢明和数学家们一道，发起组织"九五"跨学科重大项目"金融数学、金融工程及金融管理"，并主持其中的"金融工程"课题，该课题在结题时被评为"特优"。此外，宋逢明在金融工程以及相关的金融经济学领域均做了深入研究，翻译出版了约翰·马歇尔《金融工程》一书，而后又翻译了多本经典著作，他主讲的"金融工程"系列课程被评为国家级及北京市精品课程，组建中国金融学会金融工程研究会（后改称专业委员会）并担任会长。

"与此同时，在清华基本建成了国内第一家按照国际商学院规范的现代化金融专业，培养出一批优秀的学生，他们中有的已经成长为国际金融学术领域的领军人物，而他们很感谢在清华打下的学术理论基础。"宋逢明说。

为中国和世界经济的发展培养创新性金融领导人才、为推动金融学理论发展贡献学术新知，是清华经管学院金融系的使命。宋逢明对此感到欣慰："在我的职业生涯中，最大的心愿就是为中国的

金融教学打开一扇面向世界的窗户，希望我们金融教学培养的人才能推进金融体系的改革和开放，这是我一直抱有的信念。"

大学教师不应该只钻在象牙塔里做学问

从创建初期，清华金融专业就定位于高起点办学，强调立足于中国实际的现代化与国际化教学。这离不开宋逢明所秉持的办学理念，也和他所说的"第二件事"密切相关。他说："对金融的理解很重要，一要坚持科学性，二要牢牢记住金融专业培养的人才是为中国银行金融业服务，一定要结合中国国情和特色。"

宋逢明认为，引进和建设具有先进性的与国际接轨的学科体系固然是件有价值的工作，但更为重要的是要为建设中国特色社会主义市场经济和改革开放服务。"中国和西方在社会制度、政治治理模式、经济和金融基本结构、文化传承等方面均有不同，所以金融办学照搬照抄美国肯定是行不通的。"宋逢明多次强调："吸收美西方金融办学治学中的先进成分，建设适合于中国社会主义市场经济和改革开放的金融学科体系，是中国金融学界不可推卸的历史使命。"

此外，宋逢明十分看重理论与实践的结合。他常说，大学教师不应该只钻在象牙塔里做学问，特别是教授金融这种实践性很强的学科的教师，应该参与到国家的改革开放中，切身理解社会现实是怎样的。在与中国外汇交易中心交流时了解到"缺乏交易量"的情况，宋逢明基于此建议发展中国国债市场，英国《金融时报》对此作了报道，并称其为中国金融的"思想先驱"（leading thinker）之一。宋逢明还曾在国有大型银行股改上市过程中，受聘担任率先股改上市的中国建设银行第一、第二届独立董事，亲自参与到这一历史进程之中。

宋逢明也鼓励学生积极将专业所学与社会实践相结合。现任清华经管学院党委副书记、金融系长聘副教授高峰是宋逢明的博士生,他回忆道:"刚进入博士阶段时,我在宋老师指导下参与了中国全市场指数的构建。很荣幸跟中国证监会、上海交易所的专家一起探讨。后来推出的沪深 300 指数中,有一些想法和我们是很接近的。这种实践对我后来做学问有很大帮助。"

宋逢明(左 2)和博士生在一起

尽管退休多年,宋逢明依旧密切关注中国金融学科的建设发展,并为此倾注心血。"中国金融学科建设发展是老一辈金融学家们筚路蓝缕的成果,在此过程中,金融理念也与时俱进。"他曾提出清华金融办学的三方面建议：开展跨院系、跨专业的交叉教学和科研活动；以开放的态度向国际学习的同时，探索具有中国特色的金融结构；积极开展碳金融研究，高举生态金融、绿色金融的旗帜。

他相信，中国的金融学者们一定能够密切结合中国国情，创建服务于中国特色社会主义市场经济和进一步改革开放的金融学科，并在探索经济金融普适性理论方面，抢占学术高地，引领国际研究的潮流。

做"铺路石"是件好事
后面的人可以踏着我们前行

2021年，宋逢明获得鸿儒金融教育基金会设立的"中国金融学科终身成就奖"。事后，宋逢明把所获奖金税后80万元人民币全额捐赠给自己的中学母校，设立奖学金，鼓励品学兼优的学生，特别是有志于从事金融领域教学和科研等工作，发展中国金融事业的优秀学生。

"我们所起的作用就是承上启下，做铺路石。这是件好事，因为后面的人可以踏着我们前行。"承前启后，谦虚工作，甘当育人"铺路石"，是宋逢明一路走来的真实写照。"宋老师是一名在学术上要求很严格，生活中却很关心我们的长者。"清华经管学院教授薛健回忆，读本科时自己曾参与举办过一场讲座，"当时是邀请周小川学长来讲。讲座当晚人员爆满，宋老师没地方坐，就坐在地上听。当时我特别不好意思，他却随和地说，'没事'"。

1984年，宋逢明加入中国共产党，距今已有40年。他常说，金融的本质不是逐利，金融学的教学很需要诚信。从教以来，宋逢明始终强调要引导学生们形成正确的价值理念、增强对社会的责任感。

他说："追求幸福是人的本性，但我们不应该仅仅追求个人的幸福，更是要追求大众的幸福。"这是他的价值坐标，也是他一直以来坚守的诺言与实践。

回顾教学生涯，宋逢明最欣慰也最感骄傲的是培养了 50 多位博士生和 60 多位硕士生，这些学生中有的已经当了老师，并且也桃李满天下。

在院庆 40 周年即将到来之际，心系学院发展的宋逢明寄语师生，希望学院能够进一步提升金融学科建设水平，为中国经济金融改革、创新和发展培养更多人才，同时他也鼓励优秀学生积极投身于未来的金融教育和学术研究，为建设强大的中国金融体系和改革开放服务，在解决国家重大需求方面做出更大贡献。

文／赵佳

王 子

清华精神激励我不断追求卓越

有幸生活在一个充满机遇和挑战的时代,赶上了创业创新的时代潮流。是母校提供了广阔舞台和无限可能,让我们得以勇敢追求梦想,能够为社会做一些贡献。

王　子
清华精神激励我不断追求卓越

王　子

对王子来说，清华大学不仅是实现梦想的起点，更是塑造和锤炼人生观的地方，深刻影响着自己未来的职业方向和人生道路。

"清华经管学院的严谨学风和深厚底蕴，让我领略到了管理学的魅力和价值。这里培养和感受到的创造力、责任感和不懈坚持，也在不断指引着我选择具有社会意义的行业方向，思考如何解决未来十年甚至二十年将面临的社会问题。"王子如是说。

扎实的课程　丰富的资源

"在清华园的日子，我遇到了许多优秀的老师和同学，他们的才华和拼搏精神不断激励着我追求卓越。同时，学院也为我提供了丰富的实践机会和社会资源，让我能够将所学的知识应用于实际，不断提升自己的综合素质和能力。"

王子回忆，自己所在的管理硕士项目特别注重商业实践和案例教学，这种教学模式强调让学生在课堂上获得实用的知识，同时鼓励学生们在实践中不断成长，锤炼运用不同方法和维度去思考问题的能力。扎实的理论知识、基础教学和多维度思维训练对他的创业道路产生了深远影响。

谈及为什么会走上创业的道路时，王子提到了清华经管学院培养新型创意创新创业人才的重要平台——清华 x-lab。早在大学时期，王子就积极参与社会公益活动，也在互联网行业摸索创业机遇。他深感公益事业发展模式较为传统，萌发了以新理念和新技术实现公益活动的念头，从而鼓励更多的人参与公益。于是，创办"米公益"的想法在 2012 年冬天开始萌芽。2013 年 8 月的开学季，这个创业构想也随着王子一起踏入清华，在清华 x-lab 逐渐成长。

清华 x-lab 的支持是王子及合伙人逐渐将学生创业项目转变为公司化运营的重要基础。最初，他们的创业资金来自多年来积累的各种奖学金。随后，他们在清华 x-lab 结识了一位朋友，也是后来"米公益"的财务总监，在他们的共同努力之下，项目最终获得了天使投资，从而开启了更广阔的发展之路。

王子表示，清华 x-lab 是他创业的摇篮，更是作为北漂的南方学子在成长过程中的一个温暖依靠。在创业过程中，他受到了诸多良师益友的支持和鼓励。"我特别感谢老师们在创业初期给予的资源支持，如提供场地等，还为我们提供路演和展示的机会，助力我们实现创业梦。"

王子参加 110 周年校庆活动

创业之路从清华走向更广阔的世界

"米公益"是一项从清华"走出去"的创业成果。它的运行机制链接了企业（捐赠方）、公益机构（执行方）和民众（参与方），极大地提升了公益事业的便捷性、有效性和透明性，成为国内最早将这种模式应用于实践的网络平台之一。

经过 7 年的发展，"米公益"后来被一家保险科技公司全资收购，其线上网络也在"米公益"创立 10 周年时关闭。在停止服务时，"米公益"一共累计服务了 364 家捐赠企业，资助了 1435 个公益组织，影响了 638 万个民众参与公益行动……"这些成绩的取得离不开整个团队的努力和合作，也得益于创业初期学校和其他支持者的支持和鼓励。"王子由衷地说。

回想起当时在"米公益"平台上发起的"米公益资金"，那是由王子和一群对中国公益创新充满热情的捐赠人共同捐资成立的，专门支持小型的、创新型的、初创阶段的公益人或学生公益项目。

王子表示，虽然资助金额不多，但大部分的资助都发生在项目的初期阶段，因此当看到他们所资助的创新型公益项目活跃于行业中坚的社会组织和公益机构时，他深感自豪和欣慰。"原来，一些理念和善意真的可以通过我们的努力来传承和扩散，进而影响更多的人和事。"

王子庆幸自己生活在一个充满机遇和挑战的时代，赶上了创业创新的时代潮流。"是母校为我们提供了广阔舞台和无限可能，让我们得以勇敢追求梦想，能够为社会做一些贡献。"

创造力、责任感与不懈坚持

目前，王子已转型照护和养老领域，专注于应对老龄化社会所带来的挑战。他常常思考，"米公益"始终面临着商业化和公益性之间的两难困境，希望寻找一个有长远发展前景，且同样具有重大社会意义的方向和课题。

"大约五六年前，我的家人接受了移植手术，当时请了护工照顾，却发现照护人员的水平相对较低。"这一经历让王子意识到，随着老龄化趋势加剧，照护和养老将会是一个长期持续需求的领域，具有重要的社会价值。王子决定在这个领域探索发展，以另一种形式服务社会，继续做一些难而正确，也有意义的事情。

在王子的身上，体现着一种对社会的承诺和责任感，这正好契合了清华经管学院"贡献中国"的使命。这也不断印证着他经常所说的要有创造力、责任感并且不懈坚持，"创造力驱使我们敢于创新，追求独特，致力于创造对社会有价值、有意义的事物；责任感则让我们厚植家国情怀，深入思考做人做事的意义；而不懈坚持则要求我们拥有前瞻性的眼光，持续不断地努力奋斗"。这些理念一直引导激励着王子选择具有社会意义的行业方向，他也坚信自己能为社会创造更多价值，应对未来更多的未知和挑战。

文 / 柯宇萱

校友介绍

王子，清华大学经济管理学院管理硕士项目（MiM）2013级校友，曾是知名公益项目"米公益"的创始人，目前全身心投入照护与养老领域。他本科就读于中山大学管理学院和创业学院，2012年保研到清华大学。

魏立华

清华经管的学习经历给我把控企业发展方向的信心

  他认为,作为一名企业家,他有责任肩负起推动国家经济发展和社会进步的重任;作为一个奶业人,他有责任推动中国奶业做大做强。

2003年，魏立华进入清华经管学院学习EMBA课程。三年求学时光，他系统地学习了经济管理知识，结识了优秀的师友，并为自己的创业之路积蓄了强劲动力。"走进清华经管EMBA的课堂，不仅是一次对知识的深度追求，更是一次对人生价值的重新定位。"虽然已毕业多年，但回想起这段求学经历，魏立华仍记忆犹新。

魏立华

为培养具有良好商业道德、创新精神、领导能力和战略决策能力，能更好适应国际竞争需要的企业家和高层管理者，清华经管EMBA的课程设置既有宏观的经济分析，又有微观的企业管理，既有前沿的理论探讨，又有实战的案例研究。得益于此，魏立华和同学们不仅学到了专业知识，更学会了受益终身的企业经营之道。

在他眼中，清华经管EMBA是一个温暖的大家庭，群英荟萃、底蕴丰厚、着眼现实、心怀未来,"我永远怀念在清华度过的美好时光,并因清华经管人的身份而自豪。"

清华经管 EMBA 的老师们给魏立华留下了深刻印象。"我的恩师都是业内翘楚,能够得到这些老师的指导,对我来说,无疑是一种宝贵的财富。"魏立华特别提到,清华经管 EMBA 的老师们非常注重与企业的合作交流,他们经常组织学生参观企业、与企业高管对话,使学生能够更直观地了解企业的运作和管理,不仅有助于提升学生的职业素养和领导力,还可以帮助其更好地了解商业环境,把握发展机遇。

学院以"创造知识,培育领袖,贡献中国,影响世界"为使命,体现了一种责任与担当。学院首任院长朱镕基更是勉励每一位清华经管人:"你们每个人都搞好一个企业,中国经济就有希望了。"这句话,让魏立华备受鼓舞。他认为,作为一名企业家,他有责任肩负起推动国家经济发展和社会进步的重任;作为一个奶业人,他有责任推动中国奶业做大做强。

在完成学业后,魏立华继续全身心投入到君乐宝乳业集团的经营和发展中。彼时的他已具备全新的商业视角和战略思维,在推动原有酸奶业务蓬勃发展的基础上,2014 年,他带领君乐宝进军奶粉市场,致力于"让每一个中国孩子都能喝上世界顶级的好奶粉"。

在清华的学习,铸就了魏立华"敢想、敢干、坚持"的精神,他带领君乐宝在全球首创全产业链一体化模式和"六个世界级"管理模式,以品质立根基,以品类拓市场,以创新促发展,使君乐宝奶粉质量和规模迅速提升,在全球同行业首家通过"食品安全全球标准 BRCGS AA+ 认证",在乳品企业首家获得"中国质量奖提名奖",并成功进入港澳地区销售,实现了婴幼儿奶粉质量反超国外产品,带动国产奶粉市场占有率逆袭,为推动奶业高质量发展、重振中国奶业做出了突出贡献。

从1995年创业之初到如今跻身中国头部奶业企业阵营,魏立华用专注与坚守让君乐宝在"成为中国营养健康食品企业领先者"的道路上行稳致远。如魏立华所言,是清华经管EMBA课程的学习,给了他把控企业发展方向的信心,"不论是商业理论、创新洞见,还是企业管理与战略决策的能力,都得到了极大提高,这段学习经历使我受用终身"。

魏立华回学院演讲

作为清华经管EMBA校友,魏立华也时常回到学院,在课堂上与学生们交流碰撞、互相启发,同时邀请学院师生参观、研学君乐宝。

当讲到"君乐宝带动国产奶粉市场占有率从最低时仅有30%提

高到现在的 70% 左右,重新掌握了市场主导权"时,他的脸上有作为清华经管 EMBA 毕业生的骄傲,也有中国奶业人的自豪。

在清华经管学院建院 40 周年之际,魏立华也送上了真挚的祝福——"祝愿学院继往开来,培育更多具有全球视野、创新思维和战略洞察力的行业领袖,成为世界一流的经济管理学院。"

文 / 郭柯宇

校友介绍

魏立华,清华经管 EMBA2003 级校友。第十三届、第十四届全国人大代表,君乐宝乳业集团创始人、董事长兼总裁,担任河北省工商联副主席、河北省奶业协会会长等社会职务。先后荣获全国劳动模范、全国优秀党务工作者、全国群众体育先进个人、全国抗击新冠疫情民营经济先进个人等荣誉称号,并入选改革开放 40 年百名杰出民营企业家、百名非公有制经济人士优秀中国特色社会主义事业建设者名单。

吴贵生
植根本土，开拓深耕

"大家对清华，对经管，寄予厚望。我觉得，清华经管学院有责任、有气魄去打造具有中国特色的、被国际认可的、处于国际前沿水平的管理学中国学派。"

从 1979 年起，作为清华大学经济管理工程系的首届硕士研究生，吴贵生在这里已经度过了整整 45 个春秋。40 多年来，他始终怀抱不忘初心的热忱，秉持科学严谨的为人治学态度，在清华经管这片园地上辛勤耕耘，教书、育人、开展科研……他放眼国际学术前沿，却又坚定地聚焦中国经济和企业管理实际，朝着建设具有中国特色的本专业学科体系这一目标而不懈努力。

吴贵生

1965 年，18 岁的热血青年吴贵生收到清华大学动力农机系的录取通知书。他肩挑行李，第一次离开家乡安徽贵池，踏上北去的列车。从此，与清华园结下了一辈子的缘分。1979 年，吴贵生考取清华大学经济管理工程系首届硕士研究生，师从技术经济学科创始人傅家骥教授。在此后漫长的 40 多年岁月中，他一直在经管学院学习工作，直至退休。

"现在的经管学院当时叫经济管理工程系。我印象深刻的事情之一，就是'借地办公'。"吴贵生给我们回忆起从前的事情。"当时系里先是借了主楼的一个套间，而后又借了精仪系9003大楼的几间办公室，后来，学院才有了自己独立的办公楼——文南楼，再到后来我们所知道的伟伦楼、舜德楼，再到如今的建华楼、李华楼。办公地点的变迁，也在一定程度上折射出学院的发展实力的增强。"

　　1987年，吴贵生担任当时技术经济教研组主任，后来教研组转系后一直担任系主任。谈起当年的办学情形，他仍然记忆犹新："20世纪50年代国家制定科学技术发展远景规划时，认为发展科学技术应当考虑经济因素，提出了技术经济概念。改革开放后，开始强调投资决策的科学性，中国特有的技术经济学科便应运而生。"在傅家骥教授带领下，技术经济系逐步建立和完善教学体系，建成了全国第一批博士点，朱镕基老院长和傅家骥教授成为全国技术经济专业第一批博士生导师，而后成为全国技术经济唯一的重点学科点；后来成为教育部人文社科重点研究基地。学科领域不断拓展，从技术经济评价到技术创新管理，又到创业管理，每十年跨越一大步。

　　教材建设是学科建设的基础。吴贵生手里拿着当时的教材，向我们介绍每一本教材的编写过程与推广使用情况。当时傅家骥教授带领的师资团队出版了多部精品教材，如《工业技术经济学》成为全国广泛使用的教材，荣获国家教委优秀教材一等奖和国家图书奖。吴贵生主编的《技术创新管理》，荣获国家教育部优秀教材一等奖。"学院组建系列教材编写计划，提高了教材的知名度与影响力，《技术创新管理》就是列入系列的教材。"

　　在教学上，除了花大量心血编写教材、上好每一堂课，还需要对学生精心指导，和研究生一起确定选题、研究思路和方法，一起经历教学相长的过程,直到一些细节。

"体制改革可以部分解决科技经济两张皮的现象。"这句话,是吴贵生在学生论文中发现的有语病句子的一例。"包括在博士论文中,也都能发现不少语病。他们的论文到了我的手里,经常被修改得一片红。"吴贵生说,"学生们将来可能也要当老师,要成为公务员,或者企业的管理人员,希望他们未来工作时能够一丝不苟。"

吴贵生给学生作讲座

他是这样严格地要求学生,更是这样严格地要求自己。

吴贵生介绍,自己的硕士毕业论文近 7 万字,那时的论文全部要手写。隽美的字体、工整的笔迹、严谨的图表……在当下这个时代显得弥足珍贵。"我们当时都没有见过硕士论文。写的时候,真是有点战战兢兢。"吴贵生坦言。

1980年，在导师傅家骥的引领下，吴贵生前往上海等地调研企业的工业设备更新情况，一共走访了38家企业及10个部门。从蒸汽轮机的大型装备到火柴制造设备，到钢笔笔尖的焊接与手工磨制的工艺，再到自行车链条的生产，吴贵生在企业的生产一线掌握了真实的设备运行情况与难点，并向《解放日报》反映情况，提交了调研报告。这份报告得到上海有关管理部门的重视，在当时的清华经管系也引发了较大反响。这段经历为他以后的研究模式打下了深刻的烙印。

将论文写在中国大地上，重视来自一线的调查研究，成为吴贵生一直以来秉持的为学之风。

搞科研也需要学院搭建的平台。吴贵生回忆起当年自己曾经完成的一个国家级课题："当时国家科技部有一个区域科技项目委托清华大学来做。经管学院就引荐我来参与。"他和团队深入中国各区域，调研经济发展状况与科技进展，进行深入分析，提出政策建议，在全国科技工作大会上介绍了研究成果，并得到应用。

1998年，云南省和清华大学签署省校合作协议，推动学校科研与地方经济发展的有机结合，云南省提出需要制定高新技术产业发展规划。学院再一次找到了吴贵生。他带领团队驻扎昆明4个多月，深入调研一批产业和40多个企业及研究机构的情况，召开30多场座谈会，访谈、座谈人员达200多人，向29位著名专家（其中院士8位）进行了专门咨询，夜以继日地工作，有时饭都来不及吃。当地主管部门和专家目睹吴贵生团队的工作状况后感慨道："你们对问题的了解程度，比我们还要深入透彻。我们从来没有看到过软科学研究如此拼命。"最终形成的规划以省政府文件下达执行。

新征程，新发展，新气象。站在学院即将庆祝40岁生日的路口，吴贵生语气坚定："大家对清华，对经管，寄予厚望。我觉得，清华经管学院有责任、有气魄去打造具有中国特色的、被国际认可的、处于国际前沿水平的管理学中国学派。"

"无体育，不清华。"吴贵生寄语经管师生，让我们永远以体育竞赛0∶0的姿态、心态，怀着再出发的勇气，不负国家重托、不负大众期望、不负清华使命，去迎接新的挑战，创造新的辉煌。

文 / 袁雨晴

吴淑媛

我与经管的 30 年

看着学院顺应时代的需要,在全体师生的努力下越来越好,是一件非常幸福的事。

1994年，从清华大学材料科学与工程系硕士毕业的吴淑媛加入经管学院，成为学院办公室的一员。光阴荏苒，岁月如梭，转眼她已在学院度过了30个春秋，先后担任过院办主任、教师人事办主任、发展规划与科研办主任。在学院迎来40周年院庆之际，吴淑媛将她与学院同行的30年历程娓娓道来，这是一个因热爱而坚守、因热爱而付出的故事。

吴淑媛

"1994年刚参加工作的时候，正是清华经管学院建院10周年，现在我又和同事们一起准备着迎接40周年院庆。"30年时光，将吴淑媛的人生与"清华经管"几个字紧密相连，在她看来，与学院共度的这些年很充实："看着学院顺应时代的需要，在全体师生的努力下越来越好，是一件非常幸福的事。"

吴淑媛回忆，初到经管时，教职工加起来不过100多人。30年来，学院不断发展，目前全职教师约160人，职员也从原来的20多人发展到现在的400多人。"学院只有不断引进优秀师资，培养和发掘各方面人才，才能在学生培养、学术研究和社会服务等领域不断取得新的成就。学院职员队伍的整体素质有了很大的提升，他们有良好的教育背景，有很多同事在海外获得学位，具备国际交流的能力。"吴淑媛自豪地说。

与时代需求同向度，与国家发展共脉搏。30年来，吴淑媛见证了学院走过了一个又一个里程碑，见证了学院与国家经济社会发展需求同向同行的过程。1998年，学院获得"数量经济学"和"企业管理"博士学位授予权；2003年，学院获得"政治经济学"博士学位授予权；2006年，学院获得"理论经济学""应用经济学"博士学位授予权；2007年至2008年，学院先后获得国际商学院联合会（AACSB）管理教育认证和欧洲质量发展认证体系（EQUIS）认证，成为中国内地率先获得两大全球管理教育顶级认证的学院……细数学院取得的成就，吴淑媛作为在学院工作的一员，既体味了学院建设的不易，也从心底为学院的发展成果而感到自豪。

学院的发展也得益于开放包容的办学理念。吴淑媛曾负责学院国际交流管理和支持工作，她用"古为今用，洋为中用"来描述学院的开放包容。多年来，学院不断"走出去""引进来"，在交流中得到学习和提升，以实际行动铸造清华经管的"中国根基，全球视野"，国际影响力不断扩大，教学项目排名、学科排名不断提高。

2018年，吴淑媛调任发展规划与科研办公室主任，参与学院学科评估、双一流建设等工作。在日常工作中，办公室以师生需求为本，不断优化工作，为师生做好服务，为学院做好管理与支持。

在访谈过程中，能感受到吴淑媛老师的一片教育情怀。

如果要用一个词概括，吴淑媛想到的是"热爱"。她在和新员工交流时谈道：教育行业的利他属性，始终能给人提供价值感、意义感、获得感，吸引很多职员在学院长期工作、坚守、奉献。

吴淑媛想到的另一个词是"追求卓越",在她看来,精益求精、尽最大努力而为的品质体现在经管学院的每一位老师和同学身上。"晚上走出办公室时,经常可以看见经管楼依然灯火通明,充满了蓬勃的力量。"吴淑媛说。

30年来,学院职员队伍随着学院的事业发展而不断发展,学院对职员的素质、能力都有了更高的要求。一方面,需要承担学院发展带来的更多工作;另一方面,工作需求也更复杂、更精细、更专业。"经管职员团队是一支不断学习、不断进步、迎难而上的团队。在处理各种重要问题时,同事们体现出不怕苦、不怕累的精神,加班加点,精益求精。大家既是工作上互帮互助的同事,又是一个紧密团结的家庭。在经管学院这个大家庭,大家始终保持着一种开放、包容的态度,携手奋进,推动学院的建设和发展,我要为这群可爱的人点赞!"吴淑媛由衷地说。

三十载春秋,变化的是岁月,不变的是热爱。吴淑媛老师的愿望很纯粹:希望学院越来越好,向世界一流的经济管理学院不断迈进。

文 / 丁宇涵

徐 心

初心如磐　笃行致远"清华人"

"在培养专业人才之外,'育人'是更重要的。我们要培养的,首先是一个真正的'人';其次才是一个很好的职业经理人。而这个职业经理人又不仅仅是服务于自己所在的公司、组织,他的内心应该是牵挂着国家和社会的需要。"

清华经管学院40周年院庆系列访谈

"在我的人生中，有30多年的时间都是在园子里度过的。"站在院庆四十周年的路口回望过去，徐心有太多感慨，昔日学习、工作的点点滴滴又在眼前浮现。他曾经是清华经管学院93级本科生、98级硕士生，现在已成长为学院管理科学与工程系讲席教授、学院副院长，亦为国家高层次人才、国家杰出青年科学基金获得者、国际信息系统学会（AIS）会士……30年来，他与学院一路相伴，共同成长。

既要追求卓越，又要关爱他人

31年前，徐心以优异的成绩考入清华大学经济管理学院。带着满心欢喜与几分稚气，这位意气风发的少年迈进清华园。那时的他，对于未来还有些许迷茫，尚未有太多的规划。然而，与清华缘分的种子就此埋下，并悄悄生根发芽。

徐 心

在徐心记忆中,自己在清华经管学院的学生时代充满着浓郁的学习氛围。

当时学院还位于"经管老楼",即"文南楼"。这座灰白色外墙配以红砖点缀的四层小楼,在当年整个校园的建筑中,看起来也算很新、很先进的。就是在这里,徐心开始了5年的信息系统专业本科和两年的战略管理专业硕士生活。

那时,学生宿舍规定晚上10:30熄灯,教学楼也是要清人的,"总是感觉时间不够用、座位不够用。"到了考试周,学校图书馆的自习座位更是供不应求。为了能抢到位置,徐心和室友们特意想出了对策。"我们宿舍5个人,每天派一个代表去占位子。这个'代表'需要早上5点多起床,6点钟就到图书馆的门口排队,进去之后占好5个位子,算是圆满完成任务。"

身边同学们刻苦努力、追求卓越的学习劲头深深感染着徐心。"我在这种氛围下,也养成了凡事尽最大的努力,做出最好的成果的学习工作习惯。"

直至今日,徐心仍旧保持着这样的"惯性"。"举个小例子,比如写一封邮件,我在发出去之前,都要再看一下有没有错别字和不恰当的地方,有时候可能因此花费了太多的时间。"他笑笑,接着说,"但是,这种习惯都是我们读书的时候养成的。我觉得这是清华大学对我的一种塑造,我也很感谢学校和学院带给我的这种品质。"

"现在和博士生一起工作的时候,从研究选题开始,到具体内容、数据分析、论文写作,我都会要求他们,把每一步都做到最好。"徐心经常以这样的标准要求学生,希望他们能够在潜移默化中培养严谨务实、追求卓越的精神品质。

在徐心眼中,经管学院不仅是求真求知的学术殿堂,更是一个温暖人心的大家庭。

徐心在课堂上

在硕士学习阶段，徐心师从刘冀生教授。提起刘老师，徐心总会想起这样一段令他永生难忘的往事。

"我记得那是硕士快毕业的时候。"徐心回忆，"我请刘老师批改我的硕士毕业论文，发现老师把见面地点约在了校医院，我这才知道老师身体不好正在住院。"

徐心走进病房，看到刘老师倚在病床上，手中正翻阅着他的论文册。刘老师批改得极其仔细，小到一句话的表述方式，用词是否通顺达意，都要一一纠正。"这个地方这么写，不是一个好的中文表达……"尽管具体内容已记忆模糊，但刘老师谆谆教诲的神态，一直印在他的心里。

"我很感谢经管学院的老师们，留下了这么多宝贵的精神财富。他们在为人方面的真善美，对社会的奉献，让我意识到，我们在研究经济管理，在和数字、资本市场等打交道的同时，还要坚守育人的初心，要保持对他人的关爱。"徐心说道。

人才培养、学术研究都要扎根中国大地

2009年，从国外归来的徐心回到经管学院任教，而后于2015年担任学院副院长。回到母校走上工作岗位，他对学院有了更深的感情，同时也对学院的人才培养、学科建设、科研工作等有了更深入的思考。

"清华经管学院是一个培养专业人才的地方。"徐心强调，"除培养专业人才之外，'育人'也是更重要的。我们要培养的，首先是一个真正的'人'；其次才是一个很好的职业经理人。而这个职业经理人又不仅仅是服务于自己所在的公司、组织，他的内心应该是牵挂着国家和社会的需要。"

徐心在开学典礼上致辞

今天，先成人，再成才的育人理念正在学院的一代代师生中传承延续。

徐心坦言："在我上学的年代，我的老师们，他们懂中国的管理，懂中国的企业，所以他们做的研究工作，既服务企业的发展，又服务国家的需求。在这一点上，我自己是需要不断反思的。我们每天花时间，享受学校、学院提供的科研条件和优质资源，最终为社会、为企业做了什么？是否产生了真正的价值？"

徐心常常提醒学生们，既要让科研工作时刻走在时代发展的前沿，也要注重将学术研究与社会实际相结合。不要只做从文献到文献的工作，更重要的是要思考所做的事情是否真正产生价值。

"我们用了社会的资源，要懂得回馈给社会。对于个体来讲，看不到自己工作所产生的价值，你就不会感到幸福和有意义。"徐心如是说。

创造更前沿、更有影响力的知识体系

在清华经管学院伟伦楼大厅的墙壁上，镌刻着朱镕基老院长于1994年给学院的题词："建设有中国特色的社会主义，需要一大批掌握市场经济的一般规律，熟悉其运行规则，而又了解中国企业实情的经济管理人才。清华大学经济管理学院就要敢于借鉴、引进世界上一切优秀的经济管理学院的教学内容、方法和手段，结合中国的国情，办成世界第一流的经管学院。"

"直到今天，老院长的鼓励一直鞭策着每一位清华经管人。"徐心说。事实上，在日常的教学、科研、行政工作中，他也一直以这样的标准要求自己，朝着这一目标而不断努力。

多年来，徐心扎根于企业数字化战略、金融科技、商务智能与分析等研究领域，在国内外学术刊物和会议上发表论文110余篇，多次获得最佳论文奖。2022年，因其在国际信息系统领域研究、教育和服务方面的突出贡献和影响力，徐心当选为国际信息系统学会会士。他指导的博士生的研究成果也多次在国际信息系统大会等会议上获得最佳学生论文提名。

同时，作为硕士项目和MBA项目的分管副院长，徐心也欣慰地看到，学院硕士项目办学水平近年来持续受到国际社会高度认可，在英国《金融时报》（*Financial Times*）最新公布的全球金融硕士排名（无工作经验要求类别）中，学院金融硕士项目已跻身全球第五名。管理硕士项目在2023年FT管理学硕士排名中位列全球第六名。

清华MBA项目作为国内首批举办的MBA项目，也一直走在中国MBA教育的前列。随着科技强国战略的实施，清华MBA也在教育体系中不断加入科技元素，加强与科技行业领先企业合作，培养学生将技术和战略、创新相结合。徐心表示，在人工智能等新兴技术迅速发展的今天，MBA教育也在努力从不同的角度拥抱人工智能。

在40周年院庆到来之际，徐心衷心祝愿学院在经济管理学科领域能够创造出更前沿、更有影响力的知识体系。"期待未来学院能够成为世界一流的学术圣地，吸引更多国际上的学生、学者到这里参观、学习、交流、合作。"徐心说。

文／阎冰洁

杨 洪

走自主创新之路，打造汽车电子民族品牌

杨洪始终专注于汽车电子领域，参与到中国汽车工业的发展，正是在清华的学习激发了他梦想的力量，激励他为实现产业报国的梦想而不懈努力。

杨　洪
走自主创新之路，打造汽车电子民族品牌

1999年，杨洪在MBA全国统考及面试中表现优秀，再加上拥有企业管理方面丰富的实践经验，他实现了考入清华大学的夙愿，成为清华大学在深圳招收的首批MBA学生。随后三年的MBA课程学习，成为他受益终生的难忘经历。

杨　洪

回想起在清华求学期间的点点滴滴，杨洪记忆犹新，更难掩心潮澎湃。清华MBA课程注重学术和实践的结合，并通过深度分析商业案例来挖掘学生的思维能力，拓宽学生的视野，激发学生的内在潜能。与此同时，来自各个领域的同学在日常学习中相互交流分享，不时能碰撞出思想的火花。在这种氛围影响下，杨洪在清华结交了许多志同道合的朋友，也为企业招募了诸多人才。

清华MBA课程的高标准严要求令人不敢掉以轻心。无论工作多忙，无论在国内外任何地方出差，杨洪总是会争分夺秒赶回学校按时上课，课后还会认真完成作业。正是在如此严谨的学习状态下，杨洪不断充实自己的知识体系，启发新的思路，也逐步确立了新的

目标。

杨洪回忆道,当时许多课程给他留下了深刻的印象,比如陈章武老师讲授的"管理经济学"、程佳慧老师讲授的"运筹学"等。得益于老师们的悉心指导和这些课程的系统学习,使杨洪在面对如何带领企业取得更好发展的问题上备受启发,在企业经营和管理理念方面也拓宽了新的思路,对未来的发展充满信心。

杨洪硕士毕业论文的课题是"航盛企业发展战略",他将自身企业发展作为案例,制定了航盛未来的发展战略。1993年深圳市航盛电子股份有限公司(简称"航盛电子")成立,注册资本仅238万元,产销规模不足100万元。2013年,航盛实现产销规模突破30亿元,这是当初创业时不敢想象的。杨洪并没有在舒适圈安于现状,在清华系统、专业、深入的学习经历,让他有了更大的人生追求和事业目标——走自主创新之路,打造汽车电子民族品牌。

前进的道路不会一帆风顺,创业的旅程总是充满挑战。在清华的学习锻造了杨洪敢于突破、敢为人先的拼搏精神,且能够系统性思考谋划。每当走到战略方向选择的十字路口,在面临艰难抉择的时候,杨洪总是能谋定而后动,不惧风险挑战。2023年是航盛成立30周年,站在新的历史起点上,杨洪绘就了全新的企业发展蓝图,电声产业园和新能源华东总部基地项目启动。

在杨洪看来,中国汽车工业经历70多年的奋斗历程,从无到有、从小到大、由弱变强,从最初的模仿、引进和合作,到今天的创新、自主研发和国际竞争。特别是在新一轮汽车革命中,中国引领汽车电动化、智能化浪潮,向世界贡献了中国智慧,展现了不同凡响的中国魅力和一鸣惊人的竞争力。杨洪始终专注于汽车电子领域,参与到中国汽车工业的发展,这本身就是在清华的学习激发了他梦想的力量，鼓励他为实现产业报国的梦想而不懈努力。

杨洪认为，中国汽车工业的开拓与发展，一直都有清华人耕耘的身影和坚持的力量。作为清华学子，应该具备世界眼光与全球性战略思维，为国家各项事业发展做出贡献，不辜负母校的培养。

只有不断努力，梦想才能照进现实。航盛电子的愿景目标是"成为世界级国际化汽车电子领军企业"，企业文化理念是"科技创新、文化护航"，这都得益于清华精神的影响。

在清华经管学院40周年院庆之际，杨洪衷心祝愿每一位清华学子将"自强不息，厚德载物"的精神发扬光大，祝愿学院创新发展，成为世界一流的经济管理学院。

校友介绍

杨洪，清华大学1999级MBA校友，深圳市航盛电子股份有限公司董事长兼总裁，研究员级高级工程师，享受国务院特殊津贴专家，深圳市第四届、第五届人大代表，深圳市第五届党代会代表。曾被原国家人事部、国务院国有资产监督管理委员会授予"中央企业劳动模范"荣誉称号，先后获评第三届中国改革十大最具影响力新锐人物、深圳经济特区30年行业领军人物、中国汽车电子领军人物、中国推动汽车信息化领军人物、中国最佳汽车电子企业CEO、中国工业经济十大风云人物、中国改革开放40年汽车行业40人、改革开放40年深商领袖等多项殊荣。担任深圳市汽车电子行业协会创会会长、深圳市江西商会会长、深圳清华MBA校友会会长和深圳市质量协会荣誉会长等职务。

杨 炘

敬业尽责,做一个对国家有用的人

"在学院,教师的聪明才智可以充分发挥。大家在各自的方向上努力,共同的目标是教好书、做好研究。"

杨 炘
敬业尽责，做一个对国家有用的人

今年是杨炘老师从清华经管学院退休后的第 20 个年头。虽然已是皓首苍颜，他还是依旧骑着一辆自行车，经常来到伟伦楼办公室，看看最新的研究报告，或是和师生校友们聊聊天。这位朴素的老人，既是站在三尺讲台、勤恳耕耘的清华教书匠，又是为国家经济金融发展出谋划策的科研人。他总结自己的人生为：做好本职工作，做一个对国家有用的人。

杨 炘

1963 年，杨炘毕业于清华大学自动控制系核反应堆自动控制专业。杨炘回忆，当时，我国工业基础尚显薄弱，科学技术研究还未成体系。在蒋南翔老校长建设核反应堆的号召下，数十位青年教师和百位学生白手起家，在北京昌平南口燕山脚下建立清华大学原子能科学实验基地，代号为 200 号。毕业后的杨炘也加入 200 号，满腔热血地投入到屏蔽试验反应堆的建设中。在这里，他参加了 901 反应堆初次临界实验和以后的高功率运行，还曾担任控制研究室副主任。

1984 年，清华经管学院成立，急需相关学科领域的师资力量。1985 年，经时至学院副院长、国际贸易和金融系系主任赵家和老师引荐，杨炘调至学院工作，教授"对外经济管理"课程。从纯工科到社会科学，意味着全新的知识体系和专业壁垒。杨炘没有犹豫，他选择服从组织安排，"看了一些书，就上课堂了"。

据杨炘回忆，初建时经管学院规模很小，他所在的国际贸易和金融系只有四五位教师。"我来的时候，经管学院在 9003 精仪系大楼 4 楼有几间房，供各系办公和开会，教师没有办公室，指导完学生就没有地方待了。"

1991 年，杨炘作为访问学者，赴美国加州大学欧文分校交流访问。杨炘表示，当时国内的金融学还没有形成完善的系统框架，对于国际贸易、国际金融重视程度不够，并且国内不同院校自成一派，差别很大。在加州大学的学习，使他接触到了更加科学和前沿的量化研究方法。

访问期间，杨炘认真听了豪根（Robert A. Haugen）教授的投资学课程，不仅做了整本教材的习题，还参加了结课考试。

回国后的 1993 年，学院邀请他给 MBA 学生讲投资学，这也是学院首次开设这一课程。杨炘参考了访问期间学习的课程、教材，结合中国的实际情况进行调整，并整理成课件，打印出来发给同学们。投资学课程得到了学生们的喜爱与好评。教室里经常座无虚席，连过道里都坐满了人。

对此，杨炘只是谦虚地表示："我就讲别人的东西，把它们如实地搬到课堂上去。我觉得给学生讲明白内在的蕴含规律是最主要的。"

杨炘一直讲授投资学课程，直至2004年退休。回望自己的职业生涯，令杨炘感到难忘的，不仅是培养了一大批优秀学子，还有带领团队攻坚克难，用科研成果推动国家经济社会发展。

1992年，杨炘承担当时外经贸部委托项目"技术出口对中国经济的影响及其信贷政策研究——成套设备出口的影响"。据杨炘介绍，当时我国已建成初具规模的独立的工业体系，经过多年的科学研究和试制，通过大量技术引进、消化、吸收和创新，各个产业部门都拥有比较丰富、成熟的工业化技术和各具特色的先进工业化技术。

杨炘发现，在我国技术出口总额中，90%以上是成套设备出口，以成套设备为载体的技术出口是当时技术出口的主要方式。这些技术为各工业部门的持续发展提供了可靠的条件，同时也为技术出口提供了丰富的资源。而生产成套设备的企业前期投资大，现有的国家贷款规模无法满足企业的实际需求。对此，杨炘和他的团队根据经济实际运行机制和各部委历年来的统计资料，建立了出口贸易结构模型，定量分析了成套设备出口对经济发展的影响。最终研究结果表明，成套设备出口对经济发展带动度大，对出口结构和产业结构升级有巨大推动作用，应适当加大成套设备出口信贷规模。

1994年4月，项目完成后，杨炘团队的研究成果受到了外经贸部领导和专家的好评。

"这份报告也得到了朱镕基同志的批示。"时隔多年，杨炘仍保存着当时的获奖证书。"这个项目荣获外经贸部1994年科技进步奖一等奖，获1996年国家科技进步奖三等奖。"

此外，杨炘承担的1996年国家社会科学基金项目"中国外债适度规模定量分析模型和风险管理方法研究"，研究结果被财政部采用。杨炘2001年6月完成的"对外承包工程对中国经济的影响及政策研究"等一批科研成果，为国家经济和金融体系的稳健发展提供了理论支持。

在杨炘看来，教学科研成就的取得离不开学院提供的非常宽松的科研环境，"在学院，教师的聪明才智可以充分发挥。大家在各自的方向上努力，共同的目标是教好书、做好研究"。

从初创到今天，杨炘见证着学院一步步发展壮大。在学院40岁生日到来之际，他为学院送上了祝福："希望学院继续秉持创造知识、培育领袖、贡献中国、影响世界的使命，继续创造新的辉煌！"

文 / 闫冰洁

张昌武

一个经管人的航天梦

中国航天事业的建设和发展过程中,从平原到戈壁,从地表到太空,遍布着清华人的足迹,心之所向,无问西东。

2011—2013年期间,张昌武在清华MBA项目就读,系统学习经济管理知识。两年时光虽然短暂,却给他带来了足以受益终生的深远影响。

清华MBA课程采用案例教学方法,深度结合商业案例来挖掘学生的批判性思维和独立思考能力。课程围绕着一个共同的目标:启发学生成为一个具有独立思考能力的人,在传道授业解惑之上,唤起和启发是贯穿其中的精神。同时,课程注重学术和实践的结合,关注学生的思辨和视角。

张昌武

回忆起在清华经管学院读书的时光,给张昌武留下印象最深的课程内容是杨斌老师的"批判性思维与道德推理",当时这门课程在国内开设较少,能深入且生动讲授的老师更是寥寥无几。张昌武认为,杨斌老师的授课对他起到了醍醐灌顶的作用,激发了他对批判性思维的探索热情，长期指导着他看问题的方式。

另外一门受益匪浅的课程是宁向东老师的"管理经济学"，虽然他本科学习金融专业，也曾学习过西方经济学，但宁老师结合案例的授课方式加深了他对经济学原理的理解，也对社会和组织的运行有了多层次的感悟。

"在纯真和蓬勃的氛围中，学习真知并领受责任。"这是清华的学习经历带给张昌武的感受。后来的创业经历让他对经管和老师所传授的知识有了更深的思考。

正是在清华 MBA 的学习经历，让张昌武在精神上和方法上可以更好地应对创业的艰辛，并且有机会在服务于国家重大战略的领域贡献自己的力量。他和老学长王建蒙在 2015 年创办了国内最早的商业火箭企业——蓝箭航天。经过 8 年多的发展，蓝箭航天已经成为国内商业航天领域的领军企业。创业的道路本就崎岖坎坷，火箭工程更是充满挑战，每每遇到需要翻山越岭、涉水跋涉的艰难时刻，经管学院"创造知识、培育领袖、贡献中国、影响世界"的使命总能勉励张昌武勇敢突破，激励自己勇攀高峰。

2023 年 7 月 12 日，蓝箭航天自主研制的朱雀二号火箭成为世界首个成功发射入轨的液氧甲烷火箭，取得了重大突破，践行了经管人心中"贡献中国、影响世界"的使命。

经管学院的愿望是"成为世界一流的经济管理学院"，核心价值是"正直诚实、敬业尽责、尊重宽容"。蓝箭航天的愿景是"成为世界一流商业航天企业"，核心价值观是"正直、开放、创新、激情"。张昌武表示，这就是他认同和传承的力量。

在中国航天事业的建设和发展过程中，从平原到戈壁，从地表到太空，遍布着清华人的足迹，心之所向，无问西东。作为清华经管学院的毕业生，有机会在商业航天的领域，参与开拓中国航天事业发展更多的可能性，提升国家进入到太空的能力，让张昌武感到莫大的鼓舞和振奋。航天，是清华人前赴后继的事业，中国商业航天的开拓之路，更是有清华经管人追求航天梦想的探索和拼搏。

在经管学院 40 周年院庆之际，张昌武衷心祝愿经管学院"能够在未来继续创新学术发展、引领经管实践，屹立世界一流"。

校友介绍

张昌武，清华经管学院 2013 届 MBA 校友。蓝箭航天空间科技股份有限公司创始人兼 CEO，中国商业航天事业的开拓者、创业者，系国家万人计划专家、科技部创新创业人才、APEC 中国青委会执行委员，中关村高端领军人才。

由张昌武创办的蓝箭航天是中国最早成立的商业运载火箭企业，蓝箭航天在中国开创了液氧甲烷火箭的产品路线，依托液氧甲烷推进剂，其自主研发的天鹊系列液体火箭发动机和朱雀系列中大型液体火箭填补了我国领域空白。2023 年 7 月 12 日，蓝箭航天朱雀二号运载火箭在酒泉卫星发射中心发射升空并成功入轨，成为世界首个成功发射入轨的液氧甲烷火箭，创造了历史。蓝箭航天是我国最早形成集设计、制造、测试、发射的完整能力链条的商业航天企业，有力推动着中国商业航天事业的发展。

张 涛

从清华走向国际的金融管理者

几十年来,无论在哪里,无论在什么岗位,张涛始终把"立足中国、放眼世界、争当一流"作为自己的座右铭。

张 涛

作为毕业于清华大学本科自动化系的工科学生，张涛在经管学院多元融合的硕士生学术培养中成为复合型人才；在多个国内外金融机构任职，包括在中国人民银行、国际货币基金组织、中国人民保险集团和国际清算银行作为管理层成员深入参与制定相关宏观经济与金融政策；立足中国、放眼世界、争当一流，张涛在国际金融稳定、发展和监管领域中不懈深耕，贡献清华力量。

从自动化系到国际金融的交叉融合

1986年，张涛从清华大学自动化系毕业，获得工程学士学位，而后在清华经管学院攻读国际贸易与金融系的硕士研究生。谈及为何跨专业深造学习，张涛回忆道："20世纪80年代，经管学院刚刚成立，很多学生都来自不同专业。我就读的国际贸易与金融专业与我本科方向具有一定的相关性，当时颁发的是工业经济学位。这种工科、数理与经管的交叉融合，释放出独特的学术能量。我们参与完成的很多课题都涉及当时的重点和政策要解决的问题。"适逢改革开放初期，清华经管学院为国家经济社会发展输送了一批优质的金融管理人才。

从学科体系到课程设置，经管学院都充分体现了多元化、跨学科、复合型的人才培养特色。"我们当时的课程主要涵盖了数理基础、管理学以及计算机科学等内容。学院秉持'引进来，走出去'的方针，邀请一些校外的指导老师帮助我们开拓眼界。校内学习，校外应用。学院同时鼓励我们在校外这一广阔的社会实践场所中多加历练。"张涛谈道，这种多元融合的特色也被经管学院一直传承了下来。积极的导学关系也是张涛在读期间收获的宝贵回忆。师生从游，共探知识的奥妙。张涛回忆："我的带班老师徐国华老师、罗绍彦老师和授课老师曾道先对我的帮助都非常大。他们不仅在课上鼓励我们积极探讨问题，还会将交流延伸到课下。我们经常在课间看到讲台前面围满了学生，氛围热烈。"

多元丰富也体现在张涛的课余生活中。他与同学们一起自编自导现代音乐剧《在水一方》，获得了学校以及高校联合会演的奖项；一起在"为祖国健康工作50年"的体育精神中强身健体。浓郁的文体氛围让同学们劳逸结合，全面发展。

在多元融合中探索国际金融的管理智慧

毕业后的张涛逐渐在国际经济金融领域崭露头角，先后担任世界银行发展经济咨询专家、亚洲开发银行高级经济师、中国驻国际货币基金组织（IMF）中国执行董事、中国人民银行副行长和中国人民保

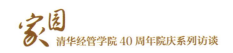

险集团监事长等职位。几十年来，无论在哪里，无论在什么岗位，张涛始终把"立足中国、放眼世界、争当一流"作为自己的座右铭。

2016 年 8 月，张涛出任 IMF 副总裁，分管基金组织与 90 多个国家的关系以及金融稳定、气候变化、金融科技等重要议题。在任命中，总裁拉加德对张涛给予充分肯定："张涛具有很强的国际经济知识、丰富的公共部门决策经验以及娴熟的外交技巧。他在担任中国驻 IMF 执行董事期间深受尊敬。"

2022 年 6 月，张涛任国际清算银行（BIS）亚太地区首席代表，这是该行自 1930 年成立以来第一位来自中国的高管。张涛作为一名资深的公共政策制定者，经过多年对宏观经济和中央银行的深刻洞察，正在为国际清算银行更好地服务亚太地区的金融稳定和发展发挥积极作用。

多年来，张涛以丰富深厚的经验和扎实的理论功底，研用深融，以前瞻视角研判宏观经济发展规律，积极参与各大国际金融组织，拓宽格局，影响世界。

作为学长和行业前辈，张涛也为经管学子的职业发展提出了宝贵的建议：刚刚毕业，踏入社会，可以选择接触面较宽的岗位，不要将自身局限于过于狭窄的发展空间，为今后的工作打好基础。要综合考虑国际热点和个人兴趣等因素，保持与变化的世界对话和交流的能力。不管在哪一个领域，哪一种职业，都会有自己的角色，都要认真敬业，把个人的作用发挥好。

年年桃李　岁岁芬芳

"经世济民、追求卓越"是清华经管学院赋予张涛的价值底色，也是清华经管学院宝贵的精神财富。为国家分忧、为经济献策是清华经管人义不容辞的责任。继往开来，张涛希望经管学院能够坚持专业化、国际化与多元化的发展理念，培养创新驱动的人才，全维提升经管学子的综合能力与国际胜任力，继续向各行各业输送优质的经济管理与金融人才，发挥引领性的作用，建设世界一流的经济管理学院。

在清华经管学院40周年院庆之际，张涛也表达了对学院和清华大学的感恩，并为学院送上祝福："祝贺学院在过去的40年间取得了丰硕的成果。展望未来，希望学院年年桃李，岁岁芬芳，永续辉煌。"

文／袁雨晴、李晟雪

校友介绍

张涛，1986年7月毕业于清华大学自动化系自动控制与仪表专业，获学士学位；1989年7月毕业于清华大学经济管理学院国际贸易与金融系国际金融专业，获硕士学位。1995年12月毕业于美国加利福尼亚大学（圣克鲁斯分校）国际经济专业，获博士学位。现为国际清算银行（BIS）亚太地区首席代表。

张　岩

想要成为一座桥梁

我希望我们做的事情不应该仅仅是一个生意，而是一份事业、一个平台、一座桥梁。

我们想要成为一座桥梁，将自身事业和身边同学们的职业发展结合起来，帮助优秀的人才一起实现、做大一个事业。

张 岩
想要成为一座桥梁

他 15 岁来到清华园,是活跃在学生中间的院学生会主席,后来在联合信贷银行、摩根大通、国开金融等知名金融机构就职,也是敢想敢做的创业人。毕业 20 年,张岩始终在积累能力、持续学习。他想要成为一座桥梁,为优秀的人才提供机遇,与志同道合者一起去成就更大的事业,就像回到他在清华经管的学生时代一样。

"五清"学生

张岩与清华大学的故事开始于高中。他的学生时代,有近一半的时间都在园子里度过。按照他的话来说,他是一名不折不扣的"五清"学生。

张 岩

1997 年,15 岁的张岩因数学竞赛成绩优异,被选入全国理科实验班。根据当时的政策规定,全国范围内选拔来的数学、物理竞赛成绩优异的 100 名学生会组成全国理科实验班，分成四个班安排在四所高中就读，毕业后保送至清华、北大等高校。张岩被分配到了坐落在清华园一角的清华附中。大学校园开放、自由的氛围深深吸引着张岩和同学们，到清华操场踢球、去清华食堂"蹭饭"是他们向往的事情，也成为几十年后依旧难忘的美好回忆。

1999 年，张岩提前进入清华大学物理系学习，打算夯实理科基础，一年后再自行选择专业。一次偶然的机会，张岩被朱镕基老院长激昂的讲话所感召，他开始阅读和商业相关的书籍，对经世济民的事业产生了浓厚兴趣。恰逢当年经管学院在理科实验班开放招生名额，张岩便毛遂自荐，向清华招生办表达了自己对进入经管学院学习的期待。后来，张岩如愿进入清华经管，在这里正式开启了他的大学生活。

2004 年本科毕业后，张岩选择到社会中磨砺自己。但工作后的他并没有停止学习。2016 年，张岩到五道口金融学院攻读 EMBA。2019 年硕士刚刚毕业，他又参加了由约翰·霍普金斯大学彭博公卫学院和清华大学医院管理研究院合作举办的清华大学—约翰·霍普金斯大学医疗卫生管理博士项目，瞄准医疗方向，目前还在攻读中。

张岩说，从高中到博士，他和清华大学结下了深厚的缘分，也与经管学院建立了亲切而特殊的情感。

"家"的故事

"经管学院对于我来说，'家'的感觉是非常强烈的。"

从 2000 年到 2004 年，张岩在清华经管学院度过了 4 年的本科时光。当谈及大学生活的难忘回忆时,自称性格内向的张岩一下打开了话匣子,他用朴实而动情的语言,讲述着许多鲜活生动的画面和故事。

"难以忘怀的,很多都是一个小小的瞬间。"还记得学院内的一场足球决赛,在第91分钟时,张岩所在的球队仍落后于对手1分。在这样焦灼的时刻,张岩踢了一脚中圈的远射——球进了!队友们和场边的观众瞬间沸腾了,大家像疯了一样地欢呼着,在雪地上叠压在一起。他笑道:"虽然这可能只是一件微不足道的小事,但这一幕在我的整个人生中都是比较经典的画面。"

记忆犹新的还有一段敢想敢做的经历。在大四的时候,张岩和两位学生会的同学张羽和张哲,曾经从零开始酝酿、策划了一个大型论坛,邀请中国内地和香港、台湾地区学校参与,希望年轻人之间的交流也能够促进彼此的社会文化交融。

他们清楚地知道,活动的覆盖范围很大,不仅需要申请一大笔预算,还有很多审批流程要走,是一件非常复杂的事情。因此,他们先是用两三天的时间熬夜写策划案,然后又找到时任院长赵纯均老师汇报想法。赵老师听罢,提了很多问题,也指出了他们的想法中还有诸多不完善之处。3人心里立即凉了半截,心里犯嘀咕:是不是结束了?之前的这些努力都白做了?在赵老师耐心指导下,大家又一起讨论了一个多小时,最终达成了共识,形成了比较成熟的方案。"我们发自内心地感觉,学生的一些好的想法、对学生来说一些难做的事情,只要有意义,学院都是很支持的。"张岩如是说。

难忘的还有经管学院浓浓的师生情谊。由于负责学生工作,张岩和林玉霞老师接触很多,他亲切地称她为林妈妈。"她对每个学生如数家珍,经常念叨哪个学生又落后了,哪个学生该努力了,天天都想这些问题。她对待学生的方式非常朴实，是用一种非常亲近的、照顾的方式，却又不失严厉。很多后进生都得到过她的关照和鼓励。她缝补学生方队制服、为生病学生送饭等场景，我至今还记得。"

当年，学生会换届散伙的时候，张岩和同学们到林妈妈家吃了顿饭。大家一起做饭、聊天，二十几个人把不大的房间挤得满满当当，每个人的内心也都充盈着家一般的温暖和幸福。

"林老师接触一届又一届的学生，她真的是把每个学生都当自己孩子的感觉。"张岩动情地说。

成为一座桥梁

当年，作为院学生会主席，张岩曾组织策划了多场学生活动。回望自己在其中的角色，张岩谦虚地表示，自己也没做什么，"我不过是提供一种正向循环的力量，发掘大家的潜能，推动同学们去自由发挥更多的创意"。

2004年，学院迎来20周年院庆，为了提高同学们参与感，他计划把同学们组织起来热闹一下，"搞一个有意思的事"。

于是，张岩带领学生会和院团委的同学和老师们一起讨论，策划了一场面向全体本科生的联欢活动——梦幻嘉年华。他们把有想法的活跃分子组织到一起进行头脑风暴，精心为每个环节增添有趣的元素。"因为自由度很大，大家越设计越觉得有意思。最后发现，可能有上百人参与了这个策划。"

虽然20年过去了，张岩至今还清楚地记得，那天的舜德庭院分外热闹。他们搭起一个个小棚子，连成十几个小游戏供同学们"玩耍"。服务组的同学们端着饮料和甜品，戴着面具在人群中穿梭。有同学装扮成吉祥物大牛"奔奔",和大家合影留念。舞台上,刚刚代表学院获得全校亚军的健美操队带来动感十足的表演,将活动的气氛推向高潮。在场的每个人都被这样的氛围所感染,近百人共同跳起欢乐的兔子舞……

张岩回忆道:"我其实一直在旁边看着他们。看到他们每个人的脸上都泛着光,我感到非常有成就感。"

这些经历不仅成为张岩学生时代珍贵的回忆,也深深影响着他对未来事业的规划和发展。

"在校园里,你会被一群特别优秀的人围绕,从他们身上学到很多优秀的品质,也得到他们很多的帮助,这对我人生的方向产生了很大的影响。"张岩说道:"我想帮助他们实现自己的成就,我觉得他们的成功好像就是我的成功。我曾经跟别人说过,我如果能支持100个这样优秀的同学去实现伟大的事业,我自己本身就很伟大了。这种想法贯穿了我的整个职业生涯。"

本科毕业后,张岩奔赴深圳和上海闯荡了一番,回到北京后,又曾在联合信贷银行、奥组委市场开发部、摩根大通公司、国开金融公司等岗位打拼。其间几经波折,他都从容面对。"因为在清华所收获的能力和很多校友的帮助,给予了我足够的底气。"

兜兜转转,张岩选择了自主创业,去追求他真正热爱的、向往的事业。2020年底,张岩和清华校友一起组建了清证数科公司。他介绍,"清"源于清华的清,"证"是证券的证,希望将来打通数字经济和传统财富,做一个面向未来的公司。

"我们始终觉得,作为清华经管学院毕业的学生,事业的天花板应该是无穷尽的。我们要找到全球最前沿的、最需要解决的问题,这是需要不停地去学习、去吸收、去探索。我们希望做更偏基础设施的事情，这样才能影响足够多的人，影响更多经济的覆盖面。我希望我们做的事情不应该仅仅是一个生意，而是一份事业、一个平台、一座桥梁。"

张岩表示，其实有很多院友都在做和他一样的事情。"大我十几届的学长经常会成为我人生的引路人，而我也会去帮助比我小十几届的同学们，完善他们的职业路径。同学之间基本上都是相互的支撑，这种传承的感觉非常强烈。"

"我们想要成为一座桥梁，将自身事业和身边同学们的职业发展结合起来，帮助优秀的人才一起实现、做大一个事业。其实好像又回到了学生年代，把大家召集在一起，做一件事，有种一直在做学生会的感觉。"张岩笑着说。

时光飞逝，2024年是经管学院建院40周年。他说："四十不惑，其实是开始在一个比较成熟的方向上不断积累、不断开花结果的过程。40年来，学院培养了一批又一批学生，桃李满天下。希望这些学生们在各个行业里都能成为中流砥柱。也祝福学院继续面向未来，取得更多更大的成就。"

文 / 阎冰洁

校友介绍

张岩，2004年本科毕业于清华经管学院金融专业，硕士毕业于清华大学五道口金融学院金融EMBA专业，并正在攻读约翰霍普金斯大学公共卫生博士学位。现任清证数科公司董事长，曾就职于摩根大通、奥组委和意大利联合信贷银行的投资银行部。后任国开国际控股公司首席投资官、董事总经理，国开金融公司业务发展部负责人、涛石投资合伙人、瑞东资本合伙人等职务。

赵大维

经世致用，务实为国

"清华'行胜于言'的校风深深影响着我，为此，我特意把这句话贴在了办公室，作为我的座右铭。"

难忘学习时光
名师和朋辈成为宝贵财富

法学背景的赵大维,经历了在央企多岗位锻炼和多样化工作内容后,深刻意识到系统学习财务知识的紧迫性和重要性。清华大学—新加坡管理大学首席财务官会计硕士双学位项目(以下简称 MCFO 项目)在财务深度、金融广度、战略高度都与他的需求不谋而合,于是当年他毫不犹豫地报考,并从千军万马中成功冲过了独木桥。

赵大维

在 MCFO2021 级开学典礼上,清华经管学院副院长徐心在致辞中讲道:"希望各位能够谨记学习的责任,深刻把握学习的内涵。"

这句话深深触动了赵大维，也正式开启了他在 MCFO 的学习之旅。在工作了十余年后重返校园，清华紧张而充实的学习氛围，为他带来了全新的体验和感受。

项目课程中，令赵大维印象最为深刻的是导师肖星将课堂与制造业企业紧密相连，从财务视角把制造业企业经营管理活动中的先进做法和典型问题详细拆解，抽丝剥茧，令人醍醐灌顶，这让赵大维找到了财务知识服务实业的切实"链接"。

除了名师的教诲，与同窗共度的几年时光让他珍视且难忘。同窗间总是充满着浓郁的学习氛围和温情。课堂上，他和同学为课程小组起名为"Changing"，期待能够拥抱变化的时代。课下，作为班长的他，和班委共同为大家组织活动，通过"线上＋线下"结合的方式，讨论观点、攻克难题、相互鼓励。

践行经管理念
产业基金助力有色金属产业高质量发展

回忆起经管求学时光，每次在伟伦楼上课前，赵大维都会在一楼大厅驻足，瞻仰朱镕基老院长的教诲，并将"了解中国企业实情、结合中国的国情"牢记于心，应用于工作实践。

在他成为中铝集团产业 CVC 基金的负责人后，就任新岗位的第一件事情，就是和团队的同事们达成共识，"携手发挥好产业基金'放大资本、整合资源、聚拢人才'的作用，服务集团主业，回报投资人，履行央企社会责任"。

有色行业是碳排放"大户"，中铝集团作为行业龙头企业，始终坚定不移成为行业绿色发展的引领者，全方位发力贯彻落实国家"双

碳"战略。赵大维在学习了薛澜等老师关于高碳排放企业推进"双碳"路径的相关授课内容后深受启发,结合集团主业特点,与团队发起成立了国内有色金属行业最大的绿色低碳发展基金,首批规模达60亿元,围绕构建"绿色金融＋绿色电力＋绿色制造"的闭环持续发力,并通过基金投资助力集团打造产业生态,与产业链上下游企业融通创新发展。

关于有色行业如何在新一代信息技术与先进制造技术深度融合中实现华丽转身,是赵大维及其团队的课题,既是行业之问,也是时代必答。他敏锐地捕捉到人工智能技术的巨大潜力,聚焦能与集团的细分领域相结合的AI技术,有针对性地发掘了大量标的企业,并通过投前、投后协同工作,实现了AI视觉识别企业与废旧金属回收场景结合,AI选矿、AI配矿企业与矿业、冶炼企业的生产场景相结合,大幅提升流程效率,并能有效防范相关环节的生产安全事故。

传承清华文化底蕴
用责任和爱培育新生力量

"清华'行胜于言'的校风深深影响着我,为此,我特意把这句话贴在了办公室,作为我的座右铭。"赵大维深知,身教远重于言传。他积极为新生力量提供担当重任的机会,不仅将在MCFO项目所学到的知识和理念与大家分享,并将AICPA & CIMA等资源向公司导入,鼓励团队求知上进、继续深造,为产业投资锻造精锐之师。

赵大维对建院40周年"家园"这一宣传主题颇有感触。他说道:"对我而言,有三个地方可以称之为'家':个人的小家、单位的大家以及清华经管学院的精神家园,同窗、老师、工作伙伴,都是我的家人。"赵大维参与了 MCFO 校友合唱《家园》MV 拍摄活动，共庆建院 40 周年及会计系成立 30 周年。这些经历让他再次体会到了重聚的欢乐与回家的温馨。

赵大维期望，未来能有更多机会为学院发展贡献力量，并祝愿清华经管学院 40 周年生日快乐，经世济民，风华永续！

文 / 邵萌

校友介绍

赵大维，MCFO 双学位项目 2023 届校友，现为中铝创投基金总经理。

赵 平
我与清华经管的"缘分"

  40余年间,赵平从未忘记自己职业生涯的企业家之梦。于是,他将自己的梦想寄托于经管学院的学生上,培养了一批又一批出色的企业家,以另一种方式圆梦经管、实业报国。

从 1985 年到 2024 年，他随学院一路走来；从风华正茂的青年学者磨砺成市场营销领域的资深教授；不仅为学术贡献新知，更以一颗赤诚之心，致力于培养未来的学术与行业精英；他凭借深厚的积淀和对未来趋势的敏锐把握，将理论研究的深度与教学实践的广度相结合，为经济管理教育事业倾注了智慧与热情。他，就是清华经管学院退休教授赵平。

选择清华，选择经管

"缘分"一词，是赵平在叙述自己 40 余年工作生涯时反复提及的。

赵 平

作为 1977 年恢复高考后的第一届大学生，赵平怀揣着工程师的梦想进入并选择了技术专业。1978 年党的十一届三中全会召开，全面实行改革开放，赵平开始思考在新的时代浪潮下，中国的经济发展到底需要什么。几番思索后，他认为实业报国才是最有效的强国之路，他那时的梦想是成为一名企业家。

1985年，赵平在天津大学获得管理工程专业硕士学位，被刚成立不久的清华大学经济管理学院招聘为教师。他到学院报到后没几天，正值清华大学校庆和经济管理学院院庆——4月29日，这也是他的生日。以至于多年后，学生们返校看望老师时，通常是校庆院庆一起过，并且为赵平庆生。"缘分之巧合，实在妙不可言。"赵平感慨。

四十余年间，赵平从未忘记自己职业生涯的企业家之梦。于是，他将自己的梦想寄托于经管学院的学生身上，培养出一批又一批优秀的企业家。他在以另一种方式圆梦经管、实业报国。

自律严谨，为人为学

1986年，清华大学经济管理学院技术经济专业作为第一个博士点获得批准。朱镕基与傅家骥两位教授作为第一批博士生导师面向全国招生，每位导师有一个博士生名额，报考人数众多。学院同事鼓励赵平报考，当时的他却有些犹豫：一来那个学期他的授课任务繁重，没有多少时间复习；二来他对从事实际管理工作的目标仍然没有放弃，认为攻读博士学位对此帮助不大。于是，抱着试试看的心态参加了博士生入学考试。

也许是由于这种放松的心态，赵平获得了第一名的好成绩，并师从导师朱镕基。提起声名显赫的导师，赵平说："在先生身上，我学到了很多，但最最重要的可以归纳为两点：一是做人要自律；二是治学要严谨。"

获得博士学位后，赵平继续留院任教。当时，学院重视师资队伍建设，鼓励教师"往前走、往外看"，与世界接轨，赵平也因此前往多所世界著名大学访问深造。如1996年作为访问学者去美国宾州大学沃顿商学院学习，2000年去哈佛大学商学院学习，2002年去麻省理工学院斯隆管理学院学习，等等。这些学习和交流不仅有效地强化了赵平的管理理论知识，而且大大拓展了他的国际视野。也正是因为这些学习和工作背景，使他能够领导科研团队开展大量高水平的学术研究项目，并作为顾问受聘于若干政府和国内外企业开展实际咨询工作。

从教40年，赵平有着自己的育人心得。他认为，清华经管学院的市场营销系理应成为中国市场营销学科的先锋，有责任、也有义务，在中国营销学科发展和人才培养上发挥更大的作用。

"希望年轻一代能够持续学习，把自己变成学习型人才。"为了避免研究脱离市场和实际，成为空中楼阁，赵平还强调了理论联系实际的重要性，只有当理论与实际相吻合，才可以持续做下去。

脚踏实地做科研

学院自从1984年成立至今，一直将学术研究作为最重要的业务之一，制定了一系列政策，鼓励老师们多做探索，不断研究现实问题和理论问题。

"这不仅是学院对老师们提出的要求，也是改革开放初期急剧变革的社会对青年学者的要求。"赵平从上大学到成为一名教师，一直到退休，正是国家经济快速发展的时期。"这段时间有很多问题亟待解决，不光是微观的企业层面，国家宏观经济层面也不断面临考验。"在赵平印象里，学院教师秉持着"先理论后实践"的原则，不断学

习。大家共同思考"怎么样才能够更有效地把企业经营好、把国家的经济搞好",并致力于解决各种各样的经济和管理问题。

退休后的赵平目前仍担任清华大学经济管理学院中国企业研究中心的主任。"中国企业研究中心近年来持续研究中国上市公司品牌价值评价。我们每年出一本蓝皮书,这个蓝皮书里面有3000家品牌价值居前的中国上市公司,它们是中国经济的主力军。为什么要做这件事情?我们希望通过这种持续的研究能够推动中国上市公司不断开展品牌建设,向高质量发展转型,早日实现品牌强国的目标。"赵平如是说。钻研学术"不仅仅是飘在空中,我们更要脚踏实地"。

赵平在中国上市公司品牌价值榜发布活动上发言

在40周年院庆之际,赵平老师为学院送上了祝福:"希望学院早日成为世界顶尖的经济管理学院,这是我的期待。"

文 / 郑黎光

郑培敏
勇闯商海,匠心筑梦

"我们不仅要掌握会计、金融、管理、营销的'术',更重要的是,树立对国家、对社会、对人类的正确的良知,这是'道'。我们需要传承对母校、对社会、对国家的责任心。"

他是清华经管学院首届（也是唯一一届）直读 MBA 试点班的学员；他学以致用，26 岁下海创业，创办了上海荣正投资咨询有限公司；他锚定金融领域细分赛道，匠心专注，追求极致；他是家国情怀的价值传承者，将回馈母校、回馈社会作为企业发展的重要目标之一。他是郑培敏，敢为人先勇探路，淡泊明志献爱心。

直读 MBA 试点班的首届学生

1989 年，郑培敏从福建武夷山考入清华经管学院，在经历了 5 年的本科学习后，他被选入直读 MBA 试点班，开启了 3 年的 MBA 学习。

郑培敏

郑培敏回忆："当时，我就读的这个试点班属于国家教育部特批。

一般的 MBA 都需要有工作经历才能来考，我们这个班是直接从清华各院系应届本科生中选拔，采取了'学习＋实习＋论文'的培养模式，将理论和实践有机结合。"

实习，是郑培敏印象最深刻的环节之一。每天早上 6 点，和其他同学一样，郑培敏吃过早饭后，就骑着自行车到人大南门，再乘单位班车前往实习单位中保信托上班。在每周的班会上，同学们交流各自在摩托罗拉、中农信、亚都等不同单位的实习经验。

郑培敏回忆起自己在实习中的感悟时说："通过这种信息交换和分享，每个人都能了解不同公司的资金、金融机构以及消费品的运作机制。我自己的收获是非常大的。"这段宝贵的实习经历也为他日后的创业积累了经验。

郑培敏十分感谢学校"因材施教"的培养方针，他说："陈剑老师是我本科的班主任，他敏锐地发现了我对社会实践和社工有着浓厚的兴趣，就推荐我成为学校的'因材施教'生。在导师谢文蕙教授的指导下，我参与了许多校外的课题研究。"朱武祥老师作为研究生的辅导员，与郑培敏是难得的、亦师亦友的"忘年交"。他们经常彻谈到深夜，在一对一的个性化辅导中，郑培敏懂得了资本市场的一级市场、企业的股权设计、重组、商业模式等诸多知识。赵家和教授是郑培敏的研究生导师，他的言传身教和高风亮节也深刻影响着学生们的品格塑造。

正是在经管学院"理论＋实践"有机结合的教学模式下，在"因材施教"的特色培养方针下，在众多良师益友的赏识与帮助下，郑培敏的创新创业潜质得到了充分的挖掘，为开启他日后的创业征途奠定了基础。

深耕证券业股权激励细分赛道

1998年，26岁的郑培敏决定下海创业。带着福建人"爱拼才会赢"的闯劲儿，郑培敏靠着"嘴皮子、笔杆子、脑瓜子"来谋生。当时，国内还没有一家公司具有真正的、国际标准意义上的股权激励制度。遵循着"概念开发——技术开发和市场开发"的路径，郑培敏瞄准先机，创立了荣正咨询公司。

作为投资银行与人力资源的交叉机构，郑培敏以"上市公司的物业管理"形容公司的定位。"我们深耕于证券业股权激励的细分赛道。虽然解决的都是证券行业中的苦活、累活和脏活，但是由于我们的专注和钻研，一定程度上填补了行业空白，为客户、员工、股东、社会都创造了价值，也为中国经济添砖加瓦。"

正是在脚踏实地的实干与追求极致的匠心中，郑培敏被业内誉为"中国股权激励第一人"。公司稳步发展26年，目前已成为国内股权激励咨询的开拓者与领导品牌。

作为创业先驱，郑培敏寄语清华经管学子："在校学生的主业还是要以学习为主，副业可以利用寒暑假的时间了解社会、了解创业。"同时，郑培敏支持清华经管学子多样化的职业选择，希望在业界、学界，在国企、民企、外企等平台，都能涌现更多杰出人才。

家国情怀的价值传承者

郑培敏时常回忆起朱镕基老院长1994年在学院建院10周年活动上讲的那句话："你们每个人都搞好一个企业，中国经济就有希望了。"这是一直支持郑培敏创业的座右铭和精神动力。

此外,"家国情怀"也是郑培敏始终践行的价值准则。"我们不仅要掌握会计、金融、管理、营销的'术',更重要的是,树立对国家、对社会、对人类的正确的良知,这是'道'。我们需要传承对母校、对社会、对国家的责任心。"郑培敏感叹道。

2020年,作为清华企业家协会的一员,郑培敏向清华大学科学博物馆捐赠了善款作为发展基金,用于海外科技藏品收购。此外,郑培敏策划、投资并出品了经典财经主题话剧《大赢家》,在业界享有高口碑的同时,也向社会传递了正确的财富观和价值观。

郑培敏见证了经管学院从文南楼到舜德楼、伟伦楼,再到经管新楼的变迁。也希望学院能够培养和引入更多的"大师",不仅汇邀经济管理领域的专家学者,还能吸引国内外优秀校友、成功的创业家和科技工作者进行交流,帮助学生们开阔眼界,增长见识。

在学院40周年院庆之际,郑培敏也为母校送上了祝福:"40年,风华正茂。希望学院早日成为世界顶尖的、公认一流的经济管理学院。"

文 / 袁雨晴

校友介绍

郑培敏,福建武夷山人。1989年考入清华大学经济管理学院管理信息系统(MIS)专业;1997年获得MBA硕士学位。现任上海荣正企业咨询服务(集团)股份有限公司董事长。

后　记

在时光的长廊中，40年或许只是历史长河中的一抹微光，但对于学院而言，这段时光却如同一幅波澜壮阔的画卷，记录着从无到有、从小到大的非凡历程。

《家园：清华经管学院40周年院庆系列访谈》中的每一个故事都如同璀璨星辰，点亮了学院发展历程的夜空，也触动着每一位听众的心弦。从个人的成长经历到学院的发展变迁，从学术研究的探索到贡献国家的感悟，每一个细节都饱含着对清华大学校训"自强不息，厚德载物"深刻理解和践行。

在访谈内容的整理与编辑过程中，我们力求保留每位受访者谈话的原汁原味，同时注重文章的逻辑性与可读性。书稿的多次修订与校对，更是体现了我们对品质的坚持与追求，力求每篇访谈都能成为兼具个性与学院风格的佳作，呈现给读者。

在这里，感谢所有接受访谈的老师与校友，是你们的真诚分享让这本书充满了温度与深度。你们的故事，不仅是对过去40年的回顾，更是对未来发展的美好期许，激励着每一位清华经管人追求卓越，勇攀高峰。

本书的顺利出版，离不开校领导与院领导的悉心指导，特别是梁尤能、何建坤、赵纯均、邵斌、钱颖一等德高望重的前辈们在帮我们梳理学院历史的过程中，也提供了很多对学院未来发展有益的真知灼见。此外，钟笑寒、张晨两位老师也参与了40周年院庆宣传领导小组的工作，提供了很多中肯的建议，付出了很多智慧和辛劳。各有关部门的同事以及学生记者也积极参与，大家团结协作，亦是本书得以顺利面世的重要保障。

同时，也要感谢清华大学出版社的鼎力支持，从选题论证、书稿审校到装帧设计，出版社的编辑团队都给予了很多支持和帮助，确保了本书高质量的呈现。

本书的出版，不仅是对清华经管学院发展历程的生动记录，更是对经管精神的传承与弘扬。它如同一座桥梁，连接着过去与未来，引领更多人了解清华经管的故事，感受经管人的情怀，从而激励更多青年学子投身经济管理事业，为实现中华民族的伟大复兴贡献自己全部的光和热。

希望通过这本书，能够将那些最珍贵的经管记忆和情感珍藏，让每一位清华经管人都能从中找到归属感与自豪感。我们也非常愿意与更广泛的社会公众和亲爱的读者们分享，愿你们也能从中汲取智慧和勇往直前的力量。

本书编委会

2024 年 11 月